HAMLET

汉姆莱特

［英］威廉·莎士比亚　著
［英］约翰·奥斯汀　插图
曹未风　译

中央编译出版社
Central Compilation & Translation Press

图书在版编目（CIP）数据

汉姆莱特/(英)威廉·莎士比亚著；曹未风译
. -- 北京：中央编译出版社，2024.10
ISBN 978-7-5117-4718-1

Ⅰ.①汉… Ⅱ.①威…②曹… Ⅲ.①《哈姆雷特》
Ⅳ.① I561.33

中国国家版本馆 CIP 数据核字 (2024) 第 069236 号

汉姆莱特

选题策划	张远航
责任编辑	赵可佳
责任印制	李　颖
出版发行	中央编译出版社
地　　址	北京市海淀区北四环四路 69 号（100080）
网　　址	www.cctpcm.com
电　　话	（010）55627391（总编室）　（010）55627362（编辑室） （010）55627320（发行部）　（010）55627377（新技术部）
经　　销	全国新华书店
印　　刷	北京盛通印刷股份有限公司
开　　本	787 毫米 ×1092 毫米　1/24
字　　数	108 千字
印　　张	9
版　　次	2024 年 10 月第 1 版
印　　次	2024 年 10 月第 1 次印刷
定　　价	68.00 元

新浪微博	@中央编译出版社	微　信	中央编译出版社（ID: cctphome）
淘宝店铺	中央编译出版社直销店（http://shop108367160.taobao.com）（010）55627331		

本社常年法律顾问：北京市吴栾赵阎律师事务所律师　闫军　梁勤
凡有印装质量问题，本社负责调换。电话：（010）55627320

出版说明

在中国，读者大多对莎士比亚的经典悲剧《哈姆雷特》的朱生豪、梁实秋中文译本印象深刻，而对曹未风的《汉姆莱特》译本鲜少提及。其实，曹译本极有特色，甚至有人将曹未风本人称为"将莎剧口语化的译者"。

曹未风是浙江嘉兴人，曾任上海培成女校教务长、大夏大学教授兼外文系主任，并在暨南大学、光华大学任教，是华东师范大学建校的奠基人之一。自1931年前后，曹未风便开始着手翻译莎士比亚戏剧，后来他前往英国留学，也曾有目的地搜集相关资料。1943年至1945年，曹未风在贵阳文通书局工作，他所翻译的《汉姆莱特》《李耳王》《仲夏夜之梦》《罗米欧及朱丽叶》《马克白斯》等11种剧本，由文通书局用《莎士比亚全集》的总名出版，这便是中国最早出版的莎士比亚剧作集。1946年，上海文化合作公司以《曹译莎士比亚全集》为书名，出版莎士比亚戏剧10种。20世纪50年代初，曹未风重校旧译本，并继续翻译新作，于1955年至1962年间在上海新文艺出版社出版莎士比亚戏剧12种，其中10种于20

世纪70年代末由上海译文出版社再版。此外，曹未风还翻译了莎士比亚十四行诗集一部。

在翻译实践中，曹未风认为，用口语化的语言才能表达莎剧的神韵，这样更适合运用在舞台演出上；在体例上，他主张以诗译诗，以散文译散文。这些翻译原则使他的译文不但更好地传达出莎剧的风格特征，也使中国读者更好地理解英国文化。如书中"在悲哀来临的时候，它们不是只身来做侦探的，而是成群结队冲锋的""你怀疑天上的星是火；怀疑太阳的转动；怀疑真实是个骗子；但是绝不要怀疑我的爱""我的言语已经升天，我的思想还在地上""这世界既不是永恒不变，我们的恩爱随着世态的炎凉移转也就不足为奇"等多处语句，都体现了曹未风译本的优势和亮点。

此外，为使读者在视觉方面获得全新的体验，在编辑本书的过程中，我们选取了英国皇家艺术家协会成员、英国艺术家约翰·奥斯汀（John Austen）为《汉姆莱特》绘制的插画，艺术美感与收藏价值兼具。1886年，奥斯汀出生于一个木匠家庭。他跟随父亲学习了一段时间木工活后，于1906年搬到伦敦，开始了艺术家的职业生涯。最初，他以19世纪末最伟大的英国插画艺术家之一奥伯利·比亚兹莱（Aubrey Beardsley）为榜样，早期作品受其影响较大。1925年，奥斯汀与20世纪著名花窗玻璃艺术家、插画家哈利·克拉克（Harry Clarke）及英国插画家阿伦·奥德尔（Alan Odle）一同，在伦敦的圣·乔治画廊举办了联合画展。这是奥斯汀首次展览他的插图作品。在长达25年（1921年到1946年）的时间里，作为一名高产的艺术家,奥斯汀曾为多部图书及商业广告配图。1922年,他为《汉姆莱特》绘制了插图。在这本书的插图中,能看出其风格逐渐独立,展现出装饰派艺术的时代特征。1948年,奥斯汀于家中去世。他的作品被英国阿什莫尔博物馆和大英博物馆永久珍藏。

因译文年代较为久远,部分文字、语法、标点符号用法等不符合现代阅读习惯,为了体现原稿的时代特点和语言风格,在不影响阅读的基础上,编校过程中我们最大程度保留了"原汁原味"的译文,并同时清晰地呈现奥斯汀绘制的插图,希望为读者提供别样的阅读体验。如有不当之处,敬请批评指正。

目　录

人　物 ……………………………………………………… 001

第一幕

第一场　埃尔辛诺尔。宫堡前面的一座高台 ……………… 003
第二场　王宫的议事大厅里 ………………………………… 012
第三场　波劳涅士家里的一间内室 ………………………… 025
第四场　高台上 ……………………………………………… 031
第五场　高台上的另一部 …………………………………… 036

第二幕

第一场　波劳涅士家里的一间房屋 ………………………… 049
第二场　城堡里的一间广室 ………………………………… 055

第三幕

第一场	宫里的一间大室	083
第二场	宫里的一间大厅	093
第三场	宫里的一间房子	112
第四场	王后的寝室里	117

第四幕

第一场	城堡里的一室	129
第二场	宫里另一室	132
第三场	宫里的另一室里	135
第四场	丹麦平原上	140
第五场	埃尔辛诺尔宫中的一室	144
第六场	宫里的另一室	155
第七场	宫里的另一室	157

第五幕

第一场	墓　地	169
第二场	宫中的大厅里	184

人　物

克劳地厄士　丹麦王

汉姆莱特　老王的儿子，新王的侄子

波劳涅士　总管大臣

赫拉修　汉姆莱特的朋友

莱阿提士　波劳涅士的儿子

勿尔蒂芒 ⎫
孔尼列士 ⎪
罗森克兰兹 ⎬ 廷臣
基尔敦司登 ⎪
奥司力克 ⎭

一贵绅

一僧侣

马西勒士 ⎫
勃尔纳多 ⎬ 官长

法兰西司考　兵士

雷纳尔多　波劳涅士的仆人

演员多人

两小丑　挖坟的

芳丁布拉斯　挪威王子

船长一人

英国使臣数人

葛特鲁德　丹麦王后，汉姆莱特的母亲

欧菲丽婀　波劳涅士的女儿

大臣,贵妇,官长,兵士,水手,信差及侍从各多人

汉姆莱特的父亲,老王的阴魂

　　　　　　　　　景

丹麦。

第一幕

第一场　埃尔辛诺尔。宫堡前面的一座高台

〔法兰西司考站在岗位上。勃尔纳多向他走过去。

勃尔纳多	是谁？
法兰西司考	喂，站住：说，你是个什么人。
勃尔纳多	吾王万岁！
法兰西司考	勃尔纳多？
勃尔纳多	是他。
法兰西司考	你来得真准时。
勃尔纳多	已经打过十二点了；你去睡觉吧，法兰西司考。
法兰西司考	真谢谢你来接替我：冷得要命，我心里又害怕。

| 勃尔纳多 | 你这一岗安静吗？
| 法兰西司考 | 一点动静都没有。
| 勃尔纳多 | 好吧，明天见。
你若是碰见赫拉修同马西勒士，陪我站岗的那两个人，叫他们赶快。
| 法兰西司考 | 我好像听见他们来了。站住，喂！什么人？

〔赫拉修及马西勒士上。

| 赫拉修 | 是这地方的朋友。
| 马西勒士 | 还是丹麦王的顺民呢。
| 法兰西司考 | 你们晚上好。
| 马西勒士 | 啊，你也好，老实的军人：是谁接替了你的？
| 法兰西司考 | 是勃尔纳多来接我的。祝你们晚安。
| 马西勒士 | 喂！勃尔纳多！
| 勃尔纳多 | 哈，谁啊，是赫拉修吗？
| 赫拉修 | 有一点是他。
| 勃尔纳多 | 欢迎，赫拉修；欢迎，好马西勒士。
| 马西勒士 | 怎么样，这个东西今天晚上又出现了吗？
| 勃尔纳多 | 我还没有看见什么。
| 马西勒士 | 赫拉修说这个只是我们的幻想，对于这个可怕的景像，我们虽已见过两次，他还是坚决地不肯听进去，不肯相信。所以我才特地请

	他来同我们一起守望今晚的这个时辰，以便如果这个怪物再行出现，他可以证实我们的眼睛，而且还可以问个究竟。
赫拉修	胡说，胡说，它不会出现的。
勃尔纳多	你先坐一会；让我们再来向你叙述一遍，你的耳朵堵得真是严实，竟完全不肯听取我们连连看见两晚的事实。
赫拉修	好，我们就来坐下，让我们再来听勃尔纳多谈谈这个。
勃尔纳多	就是昨天晚上，当那一颗大星，从极星向西方缓缓移动，照耀着那一片天空的时候，正像现在这样，马西勒士同我，那时候大钟正敲一下——

〔阴魂上，全身披挂。

马西勒士	住声，停住；看，它又出来了！
勃尔纳多	同死去的老王，一模一样。
马西勒士	你是个念书的；同它说句话，赫拉修。
勃尔纳多	是不是跟老王一模一样？你看，赫拉修。
赫拉修	真是像：它真是叫我毛骨悚然又惊又怕。
勃尔纳多	它像是在等着人同它说话。
马西勒士	你去问问他，赫拉修。
赫拉修	你是个什么东西，竟敢强占这种夜晚的时分，还装出了我们那已经埋葬了的丹麦老王的不时表现的英勇而又威武的雄姿？老天在上，我命令你，说！

马西勒士　他生气了。
勃尔纳多　你看,他走了!
赫拉修　站住!说,你说!我命令你,说!
〔阴魂下。
马西勒士　它走了,不肯回答。
勃尔纳多　怎么回事,赫拉修!你在发抖,脸色青白:这件事是不是不仅是幻想?有什么意见?
赫拉修　我的上帝在上,如果我不是亲眼看见,真实可靠,我真是无法相信。
马西勒士　是不是很像老王?
赫拉修　就跟你像你自己一样:在他同那狂妄的挪威王比武的时候他穿戴的正是这一副盔甲;当他在一次激动的谈判当中,把乘雪橇的波兰人打败在冰雪上的时候,他的怒容也正是这副模样。真是希奇。
马西勒士　以前已经有过两次,正正地在这死寂的深夜,他大踏着威武的步伐从我们的岗位走过。
赫拉修　我不知道应该多向哪一方面去想;但是,据我所能猜到的大致轮廓,这个恐怕预兆着我们的国家要有些奇灾异祸。
马西勒士　好啊,请来坐下,你们谁知道,就告诉我,为什么要有这样严谨与周密的守夜,像这样在每天晚上使全国的军民不得安宁,为什

第一场　埃尔辛诺尔。宫堡前面的一座高台

么每天都在加紧地赶铸铜炮,还到国外的市场上去购备战争的工具;为什么这样强征造船的工匠,他们的苦工都分不出礼拜同非礼拜的日子;到底是为了什么,叫这种汗臭的匆忙把黑夜都变成了白日的劳动的伙伴:你们谁能告诉我?

赫拉修　这个我能;至少,谣传是如此。我们的老王,他的形状刚才还出现在我们的面前,你们知道,他曾经被那个一直到那时候都充斥着争强的高傲的挪威王芳丁布拉斯挑战去比武;那一场,我们勇敢的汉姆莱特——我们这一个世界是如此尊敬他的——把那个芳丁布拉斯打死了;而他在事先曾签立了一个在各种手续上都合法的文件,说他如果送了命,他就把他生前所有的全部土地与财产都奉送给打败他的人:为了这个,我们的老王也押下了相等的一份;如果芳丁布拉斯比武得胜,他的这一份也便世世代代地由挪威王的子孙去承受;因此,根据这个契约,根据那里逐一写明的办法及条文,他的就输给了汉姆莱特。现在,先生,小芳丁布拉斯,一身是不长进的火炽的狂妄,在挪威的边境上各处啸聚起来一批无法无天的亡命之徒,为了衣食,什么坏事,都肯去卖命投机:这不是为了别的——从我们国家看来至为显明——只是为了要用强暴的手段与强迫的条件,向我们收回他父亲所丧失的上面说过的那些土地罢了。这个,在我看来,就是我们一切准备工作的主要动机,也就是我们要在

半夜里站岗,在全国范围以内匆匆忙忙,按户搜索征发的最重要的原因。

勃尔纳多　我想大概也没有别的缘故,就是这个:这一种英勇的样子,又那样逼似老王,偏偏在这个时候出现,全副武装地从这里走过,看来是并非无因了,他本来就是这些新旧纠纷的中心人物。

赫拉修　这乃是眼里的一粒沙尘,叫人家心思不定。在古罗马帝国势力最旺盛的时候,在威力无比的凯撒大帝殒殁以前不久,所有的坟墓都大敞开,蒙着白布的僵尸的确曾在罗马的街道上嗥叫跳跃;像太阳碰到了灾祸,群星拖着火红的尾巴,洒着鲜血似的雨露;而那潮润的月亮呢,海神的王国都是靠着她的势力支配,这时也几乎晦蚀惨淡得像到了天地的末日:现在又出现了同样的凶祸的预兆,就像命运逆转以前永远有暗示一样,它乃是即来的灾祸出现以前的序幕,现在上天与大地合力来指点了我们的国家及人民。

〔阴魂又上。

但是轻些,看!你们看,它又来了!我要去截住它,害死我也不管。站住,鬼!如果你有声音,会说话,告诉我;如果有什么好事我可以做,可以使你安心,使我得福,告诉我;如果你能够预知你国家的大运,也许,预知了就可以避免,啊,你说!或者如果你在生前埋藏了什么不义之财在地底下,据人说,为了这个,你们做了

第一场　埃尔辛诺尔。宫堡前面的一座高台

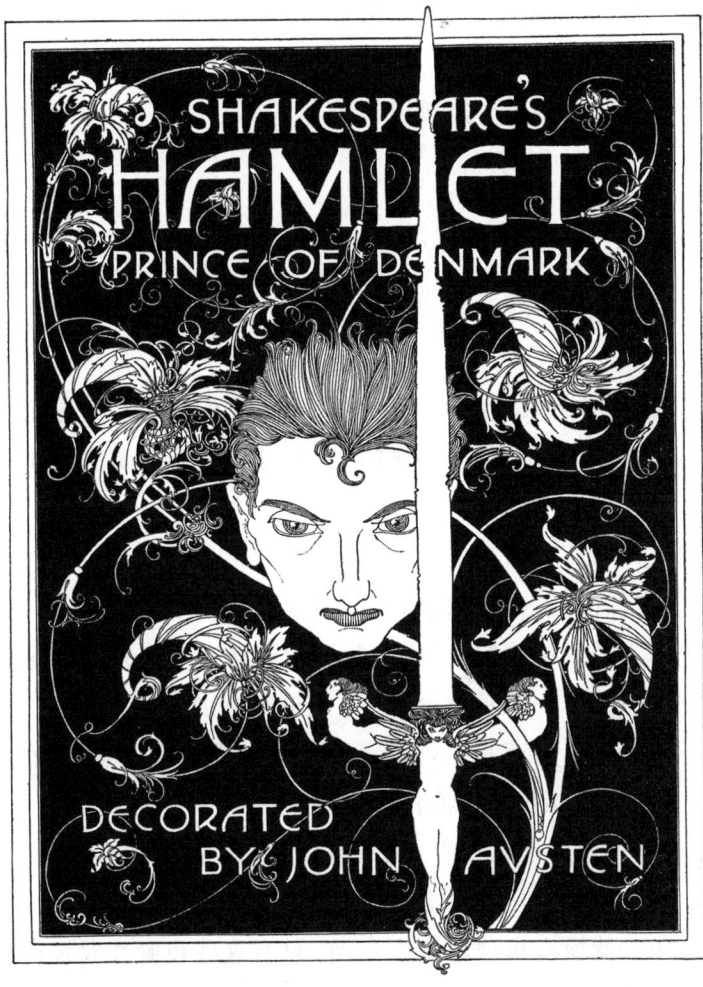

鬼都不得安宁，你也说出来。站住，你说！（鸡叫）拦住他，马西勒士。

马西勒士　我可以用长矛打它吗？
赫拉修　　打，不站住就打。
勃尔纳多　在这儿！
赫拉修　　在这儿！
马西勒士　不见了！

〔阴魂下。

我们对它太鲁莽了，它那样尊严，我们竟对它举止无礼；因为它同空气一样，是碰不伤的。我们乱打一场只是恶意地嘲弄着自己罢了。

勃尔纳多　它才要说话，鸡就叫了。
赫拉修　　然后它就一惊，像犯罪的人听到了可怕的传唤一样。我听人说雄鸡，乃是清晨的号角，它每天用那高亢与响亮的喉咙来唤醒白日的大神，一听见这个声音，无论在海上还是在火里，在地上还是在天空，所有那些横行无忌的和犯罪的鬼魂都急急忙忙地奔回到它们的阴界：刚才这件事正证明了那传说的真实。
马西勒士　它一听见鸡叫就不见了。有人说每当庆祝我们救主的生日的时辰到来的时候，司晨的雄鸡就彻夜地叫个不停：这样，据他们说，就没有鬼魂敢出来走动，只有这些夜晚才是清净的，这时候流星不撞，精灵无为，妖巫也不能施展法术，这个时辰才真的是圣洁与庄严无比。

赫拉修 我也听人这样说过，而且相信一部分。但是看啦，清晨已经穿着玫瑰色的衣裳，从东方露珠滢滢的山顶上过来了；我们的聚会散了吧；照我的意见，我们去把今天夜里所见到的事据实地告诉给小汉姆莱特；因为，我以性命担保，这个阴魂，对我们哑口无言，却一定会跟他交谈：你们是不是同意去把这件事告诉他，这个，既为忠诚所需，又是理所当然？

马西勒士 好吧，我们就去；我知道今天早晨在哪里最容易找到他。

〔同下。

第二场　王宫的议事大厅里

〔出场乐。国王,王后,汉姆莱特,波劳涅士,莱阿提士,勿尔蒂芒,孔尼列士,大臣多人及侍从多人同上。

国王　虽然我亲爱的先兄汉姆莱特谢世不久那音容还清新如昨,而且我也正应该把我的心充满了悲苦,该把我的举国大计全化成为满面的戚容,但是谨慎却与天性做了一场斗争,我虽然应当时刻地记忆着他,但同时也该不忘记我自己。所以我从前的嫂嫂,现在是我的爱后,她乃是这一个英雄王国的共同统治者,我才似乎带有一种失败中的欢喜——一只眼是快乐,另一只是苦恼,好像是葬礼当中的愉快,婚礼当中的挽歌,在天秤的两边,欢乐与悲

第二场　王宫的议事大厅里

哀占有相等的分量——娶了她为妻；但是，这样办事，我并没有拒绝各位贤卿的高见，而且你们也都充分地赞许了这件事。为了这一切，我都深深感谢。现在再接下去说，你们知道，小芳丁布拉斯，有点轻视我们的实力，也许以为我的先兄去世不久我的国家便一切失调，机纽都不灵活，他自以为占优势的梦想更助长了他，他曾不断地用无理的要求来麻烦我，向我要求归还他的父亲从前输给我那最勇敢的先兄的全部土地，虽然当初的取得完全合法。谈他就到这里了。现在谈谈我们自己，同这一次会议的目的：这一次会议是为了这个，我这里写了一封信给小芳丁布拉斯的叔父，挪威王——他是个无能又衰老多病的人，还不知道他侄儿的轻举妄动——我要他立刻制止他侄儿的继续进行；因为所有的征敛，一切的兵役及全部准备都是要由他的人民负担：我现在特地差遣你，我的好孔尼列士，还有你，勿尔蒂芒，去给老挪威王送这封信，你们与挪威王谈话时，除了在这严厉指责的条款范围之外你们个人没有别的权力。去吧，叫你们的迅速来见证你们的忠诚。

孔尼列士及勿尔蒂芒　在这件及其他一切的工作上我们都忠诚不渝。

　　国王　我倒也不怀疑：真心地说声再见了。

〔勿尔蒂芒及孔尼列士同下。

现在，莱阿提士，你有什么新鲜事？你告诉我说有些请求；什么

|||事，莱阿提士？只要你说的话有理，丹麦王是不会不答应的，你要求什么，莱阿提士，有什么是不经你请求我就不答应的呢？我丹麦王对于你的父亲，真是都赛过感情的对于思想的指引，动作对于言语的服从。你要什么，莱阿提士？

莱阿提士　我敬畏的大人，请你批准与照顾我回到法兰西去，我虽然是甘心情愿地从那里回到丹麦来，亲自参加你的加冕典礼来表示我的为臣的责任，但是现在，我也必须承认，责任尽了，我的思想与愿望就又趋向于法兰西了，这一切都请求你的恩典原谅。

国王　你的父亲答应你了吗？波劳涅士的意见呢？

波劳涅士　我的大人，他不断地苦苦逼我已经使我不得不吞吞吐吐地，最后勉强同意了他的要求：我请求你大人，答应他去吧。

国王　你自己去挑个好日子吧，莱阿提士；你可以自己安排，一切由你做主！现在还有，我的侄儿汉姆莱特，我的孩子——

汉姆莱特　（自语）比亲戚亲一点，说亲人却说不上。

国王　怎么回事，还是满脸焕沉沉的？

汉姆莱特　不是的，我的大人；我是被阳光晒得太久了。

王后　好汉姆莱特，把你那黑夜似的脸色丢掉吧，叫你的眼睛拿丹麦王当一位朋友看待。不要永远深垂着你的眼皮去冥想你那已经被埋葬在土里的高贵的父亲了：你知道这本来是平常的事；活着的人都得死，经过这个尘世而走向永恒。

第二场　王宫的议事大厅里

汉姆莱特　是啊，夫人，本来是平常的事。
王后　既然如此，为什么，对于你又似乎那么特别呢？
汉姆莱特　似乎，夫人！不，就是特别；我不知道什么叫"似乎"。我的好妈妈，我告诉你吧？所有我阴沉的脸色，按着风俗习惯我所应当穿戴的深黑色的孝服，以及那感到压迫的呼吸，长短的叹息，不止这些，还有，那淌不尽的泪水的长流，与在那音容上所流露出来的沮丧神气以及悲哀的一切形式，情绪，及外表，都无法传达出来我的真情：这些才真是所谓"似乎"，因为这些乃是一个人可能表现的行为，但是在我心里所有的，却完全超出了这种表现的能力之外；这些外表只不过是悲痛的装饰与外套罢了。
国王　汉姆莱特，对于你的父亲表示出如此多的哀思，正是你的天性孝顺与可爱的地方。但是，你必须知道，你的父亲也死过一个父亲，那个父亲呢，也死过父亲，后死的人自然应该为了尽他人子的责任，在适当的期间内，执行哀悼的仪式：但是如果要倔强地坚持毫无节制的哀痛，那样做便是一种不虔敬的顽固了；也不是男人的气概：对于天，这乃是最不正当的任性；是危险的感情，是不讲理的理智，是一种头脑简单没有教养的表现：因为我们既然知道那是无可避免的事，对于我们就应该同一切最平常的事一样平常，既是如此我们又为什么一定要固执地反抗，把它牢记在心里呢？算了！对于天这是错误，对于死者是错误，对于人性

也是错误,对于理性,简直是荒谬,因为它的法则本来就是做父亲的应该先死,从古到今,从第一个死的到今天才死的,都在说,"理当如此"。我请你,把这种不正常的苦恼抛在地上,看待我同看待你的父亲一样:因为,叫所有的人都听清楚,你乃是我王位的最亲近的承继人,我所给你的爱,绝不少于那最慈祥的父亲所给他亲生儿子的高贵的爱情,至于你打算回到魏丁堡大学里去读书,这个,乃是最不符合于我的心愿的。所以,我请求你,我打算劝你委屈点留在这里,在我的欢喜与安慰之中,做我的第一位重臣,我的侄儿,我的儿子。

王后　不要叫你的母亲祷告失灵,汉姆莱特:我求你,同我们在一起;不要到魏丁堡去了。

汉姆莱特　我将努力听你的吩咐,夫人。

国王　好啊,这才是一句可爱的与恰当的回答:在丹麦不要感到拘束。夫人,来吧;汉姆莱特的这种温和与自然的同意叫我心里非常痛快:为了庆祝这个,今天我丹麦王每干一杯欢喜的酒都要冲着天上的白云放一响炮,我国王一饮而尽的豪举,地上要响雷,天上也要有回声。来吧。

〔退场乐。除汉姆莱特外均同下。

汉姆莱特　唉,但愿这肮脏污浊的肉体能够溶解,消化,化成一滴朝露!否则,就但愿那永恒的神不要立下禁止自杀的戒律!啊上帝!上

第二场　王宫的议事大厅里

帝！这人间的一切事物怎么都叫我感觉到有说不出的厌倦,腐朽,乏味与无聊！该死的事！真是该死！这一座花园多年无人整理,什么东西都随便地生长；到处都充斥着天生下贱的东西。竟堕落到这个地步！才死了两个月！不,还没有这样久,还不到两个月：那样一位了不起的国王；比起这个来,简直是太阳神比妖怪：他那样爱我的母亲,他简直都不容许天上的风太粗暴地吹在她的脸上。老天与大地啊！我一定要想着吗？当然,她紧紧地偎靠着他,好像是食欲因为对了它的胃口就更为增加一样：但是,不到一个月——我还是不要想吧——脆弱啊,你的名字就是女人！——短短的一个月,那一双鞋还没有穿旧呢。她穿着它,走在我可怜的父亲的尸首后面,哭得泪人儿似的,像一座喷水的石像——而她,就是她——唉,上帝！就是一个毫无理性的禽兽都会悲哀得更长久一些——而她竟嫁给我的叔叔,我父亲的兄弟,但是他比起我的父亲来比我比起那赫克列斯大神还不如：不到一个月,在那最不正当的眼泪里的咸味还没有完全干在她那哭肿了的眼皮底下的时候,她就又嫁人了,啊,真是最可耻的迅速,简直是迫不及待地,就跑到乱伦的床上去了！不是好事,更绝不会有好的结果：但是我的心啊,你碎吧,因为不许我再说了！

〔赫拉修,马西勒士,及勃尔纳多同上。

第二场　王宫的议事大厅里

赫拉修　　大人你好啊！

汉姆莱特　我真高兴看见你健壮如常：赫拉修——不然我就是太疏忽我自己了。

赫拉修　　是我，大人，永远是你卑微的臣仆。

汉姆莱特　先生，我的好朋友；我但愿同你交换这种称呼：你从魏丁堡到这里来干什么，赫拉修？是马西勒士吗？

马西勒士　我的好大人？

汉姆莱特　我真高兴看见你。（对勃尔纳多）你好，先生。但是，说老实话，你为什么离开魏丁堡？

赫拉修　　打算逃学啊，我的好大人。

汉姆莱特　我不愿意听你的敌人说这种话，你也不用打算糟蹋我的耳朵叫它相信你这种自己污蔑你自己的话：我知道你不是个逃学的人。你究竟到埃尔辛诺尔来是为了什么事？在你回去以前一定要教你烂醉上几回。

赫拉修　　我的大人，我是来参加你父亲的葬礼的。

汉姆莱特　我求求你，不要开我的玩笑了，老同学；我想你是来看我母亲的婚礼的。

赫拉修　　倒也是的，我的大人，两次典礼真是紧接着。

汉姆莱特　省钱哪，省钱哪，赫拉修！送丧用的肉饼送到结婚席上吃，倒也不太冷呢。我宁愿到天堂上的时候碰见我最大的死仇，也都不愿意过那样一天,赫拉修!我的父亲!——我想我看见了我的父亲。

赫拉修　啊,在哪儿,我的大人?

汉姆莱特　在我心里,赫拉修。

赫拉修　我从前见过他一次;真是位了不起的国王。

汉姆莱特　把他的一切一切总起来说,他可算得是一位人物,我以后再也不会看见他这样的人物了。

赫拉修　我的大人,我想我昨天晚上还看见他的。

汉姆莱特　看见?谁?

赫拉修　我的大人,老王,你的父亲。

汉姆莱特　老王,我的父亲!

赫拉修　把你的惊讶暂且控制一下,你且用心听我把这一件惊人的事告诉给你,有这两位在场作证。

汉姆莱特　为了上帝的爱,赶快告诉我。

赫拉修　已经连着有两天晚上,这两位,马西勒士同勃尔纳多,在他们守夜的时候,在广大无边死寂沉沉的半夜时分,碰见过这样的事。有一个人,像是你的父亲,全身披挂,从头顶到脚踵,一式一样的,出现在他们的面前,用一种威严的步伐在他们身边缓慢而严肃地走过:在他们不敢逼近去看的,惊怖的前走了三遍,离开不过枪杆这般远;他们两个,吓得魂灵飞上了九天,一动都不敢动,站在那里目瞪口呆,不敢开口。这件事他们偷偷地告诉了我,

还吓得不敢大声；而我就在第三天晚上同他们一起去守夜。在那里，跟他们说的一般时间与模样，那个鬼影果然又出现了，证明他们的话真是一字也不差：我见过你的父王；这两只手都不能更为相像了。

汉姆莱特 在哪里？

马西勒士 我的大人，就在我们守夜的高台上。

汉姆莱特 你们没有同他说话吗？

赫拉修 我说过，我的大人，但是它不回答。不过我觉得好像有一次它抬起了头，打算用力使它动，看起来好像是要想说话：可是正在这时候，晨鸡响亮地叫了，一听见这声音，它马上就急忙地逃走，我们就一下子看不见了。

汉姆莱特 真奇怪。

赫拉修 我可敬的大人，像我现在活着一样，是真事，我们认为这是我们当尽的责任，把这件事报告给你。

汉姆莱特 不错，不错，各位，但是这个我却不懂。你们今天晚上还守夜吗？

马西勒士及勃尔纳多 是的，我的大人。

汉姆莱特 全身披挂，你们说？

马西勒士及勃尔纳多 是的，我的大人。

汉姆莱特 从头顶到脚踵？

马西勒士及勃尔纳多 是从头顶到脚踵，我的大人。

汉姆莱特　那么你们没有看见他的脸了？

赫拉修　哦，看见的，我的大人；他是把面盔推了上去的。

汉姆莱特　怎么，他是不是发怒的样子？

赫拉修　那脸色倒不像发怒，倒像是发愁。

汉姆莱特　惨白，还是发红？

赫拉修　嗯，非常的惨白。

汉姆莱特　是不住眼地望看你们吗？

赫拉修　一直不断地。

汉姆莱特　我但愿我也在场。

赫拉修　那会使你非常惊讶的。

汉姆莱特　也许会的，也许会的。他待得很久吗？

赫拉修　大约与我们用平常的速度数到一百的模样。

马西勒士及勃尔纳多　还要长久些，还要长久些。

赫拉修　我看见它的那次也不过这样。

汉姆莱特　他的胡子是灰的？是不是？

赫拉修　是的，同我在他生前见过的一样，是银灰色的。

汉姆莱特　我今晚也去守夜；也许它还会出来的。

赫拉修　我担保它一定出现。

汉姆莱特　如果它真是我高贵的父王的阴魂，即使地狱都张大了口叫我不许作声，我也要同它讲话，我请求你们三位，如果你们到现在为止还不会泄露过这件事,便请你们依然保持着缄默,在今天晚上不管有什么事发生,也都请你们只须用心体会,无须宣扬:我一定报答你们的友情。好,再见。在十一点与十二点之间,在那高台上我一定来看你们。

全体　一切遵照大人的吩咐。

汉姆莱特　我爱你们似你们对我一样:回头见。

〔除汉姆莱特外均下。

我父王的阴魂,全身披挂!一切定有差错;我担心有些什么阴谋:但愿黑夜立刻降临!在那时以前,我的灵魂,你且不要焦灼,即使整个的世界都在湮没着它们,肮脏的事终要呈现在人们的眼前。

汉姆莱特

第三场　波劳涅士家里的一间内室

〔莱阿提士同欧菲丽婀同上。

莱阿提士　我的随身行李已经上船：就要再会了；但是，妹妹，天风虽然帮忙，信使纵然方便，我也还是请他暂且不要睡觉，让我们来谈谈。

欧菲丽婀　你还有什么不放心的吗？

莱阿提士　对于汉姆莱特以及他那些琐碎的殷勤，你要把它当作随便玩玩的事，一阵高兴，它是青春的活力最旺盛时候的一朵鲜花，英挺怒放，可是不能长远，香而不持久，它的芳香同诱惑人的力量都是一眨眼的事：不过如此。

欧菲丽娴 只不过如此吗？

莱阿提士 你要认为它只不过是如此：因为在生长过程当中的万物长大的并不仅仅是肌肉同躯干；而是，当这肉身一面生长，它的心与灵的内部机能也随着发展生长。也许他现在是爱你；也许现在的确没有邪恶同欺诈的念头玷污着他心愿的纯洁；但是你要当心，考虑到他高贵的身份，他是不能自己做主的；因为他必须服从他的出身的支配：他不能，像那些毫无身价的人们一样，决定他自己的前途，因为在他的选择上寄托着这一个整个国家的安全与富强，因此，他的选择就必须受有他所行将领导的这一个集团的意见与能否接受的限制。所以如果他说他爱你，你就应该用你的智慧衡量一下，按照他的特殊情况，究竟他可以实行多少，来相信他；而这个多少的范围是不能超出全丹麦人的意见之总和的。然后再考虑一下，你的荣誉受到多大损失，如果你毫无保留地相信了他迷人的言语，或是掏出了心，或是把你处女的珍秘也送给他那不能自己的苦苦的追求。你要当心，欧菲丽娴，你要戒惧，我亲爱的妹妹，你要永远比你的爱情落后一步，脱离开欲念攻打的危险境地。最纯洁的姑娘，即使对月亮随便露出她的美丽，都是过于放肆的行为；德行的本身都逃不掉毁谤的玷污；毒虫在春天的嫩芽尚未开放的时候就把它蚀尽了，乃是太平常的事，在青春的早晨露珠未干的时候传播瘴疫的狂风最是猖獗

第三场　波劳涅士家里的一间内室

肆虐。所以你要当心；最大的安全莫过于戒惧：即使没有人来引诱，责者自己都会叛变的。

欧菲丽娅　我要牢记着你的这一篇有益的言语，作为看守我心的人，但是，我的好哥哥，你可不要像那一些不害臊的牧师似的，叫我走一条崎岖而充满了荆棘的升到天堂去的道路，而他自己，却像一个不顾死活的纨绔子弟，游荡堕落地走着一条寻欢作乐的路途，完全不管他自己的告诫。

莱阿提士　啊，不必替我担心。我耽搁得太久了；我父亲又来了。

〔波劳涅士上。

再度的祝福正是双重的天恩；第二次的分手一定会有好运临头。

波劳涅士　还没走，莱阿提士！快上船，快上船，不害羞！天上的好风已经把你的船篷吹满，大家都在等你。喏；我来祝福你！你注意把这几句话牢牢地印在你的脑子里。心里的话不要说，凡是不合适的念头都不要让它见诸行动。你要同人家熟识，但是却不能滥。你已经有的朋友，他们的品质已经经过证明的，你就要用钢箍把他紧紧地缚在你的心里，但是不要随便滥予招待每一个初出茅庐的乳臭未干的小伙子。当心不要随便同人吵架；但是如果已经吵开了，就要坚持到底，叫你的对方知道你的厉害。人人的话都要听，但是不要随便出主意：人家的批评都接受，但是你自己的判断能力要保留。你可以尽你的财力所及买穿讲究的衣服，但是

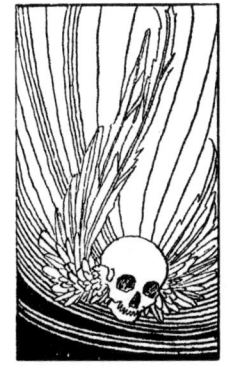

不可以华丽争奇；大方而不庸俗：因为衣裳时常表示一个人的人品；而他们在法兰西的那些上层人物对于这一切可说是最大方，而又最精明的。不要向人家借钱也不要借钱给别人：因为借钱给人常常是金钱与朋友两头落空，而向人借钱呢，也会磨钝了俭省的刀锋。最重要的是这一点，就是对于自己要忠实，然后，紧接着就是，如日夜相继似的，你自然就不能用虚伪对待任何别人。再见：我的祝福，这个你要好好记住！

莱阿提士　我深深地鞠躬向你告辞了，我的大人。

波劳涅士　时间在催促你了：走吧，你的随从都在等着你。

莱阿提士　再见了，欧菲丽娴，你要牢牢地记住我对你说的话。

欧菲丽娴　我已经把它锁紧在记忆里了，而它的钥匙却只有你来掌管。

莱阿提士　再见了。

〔下。

波劳涅士　欧菲丽娴，他跟你说了一些什么话？

欧菲丽娴　大人，是关于汉姆莱特大人的一些事。

波劳涅士　好啊，倒想得周到：有人告诉我，他近来时常在暗地里与你相会，而你本人呢，也毫无顾忌地非常大方地与他相会。倘若如此——人家告诉我是如此的，那么为了谨慎起见——我一定要跟你讲，你还没有了解得十分清楚，什么才是恰合于我的女儿同你的荣誉的分寸。你俩之间是怎么回事？把真情告诉我。

欧菲丽娴	我的大人,他近来有许多次对我表示他的爱慕。
波劳涅士	爱慕!嗐!你真是个不知世故的丫头,对于这种危险的事简直什么都不懂。你相信他的这种爱慕吗,你叫它作爱慕?
欧菲丽娴	我不知道我该怎样想法,我的大人。
波劳涅士	真的,我来教给你:你还是个孩子,你把这种爱慕当作了真情,而其实全是假情假意。把你自己看得更尊贵些,若不然——我倒也不是故意这样说来糟蹋这个字——你便是拿我当傻子了。
欧菲丽娴	我的大人,他不断地用高贵的方式向我求爱。
波劳涅士	是啊,你就叫它作高贵的方式吧;算了,算了。
欧菲丽娴	而且,我的大人,他还差不多用天下所有的神圣的誓语来丰富他的言语。
波劳涅士	是啊,全是捉呆鸡的笼子。我知道,在热情奔腾的时候,心眼可就慷慨得很哪,赌个什么咒都可以:我的女儿,这种火花只有光,可没有热,而且,一面点着,甚至一面许着愿,就一面光热全都没有啦,你千万不要拿它当真火。从今以后你姑娘的身份要更加矜贵一些;把你的答应见他这一点看得贵重一些,不能随便听他的吩咐。因为汉姆莱特大人,你记住他的这些事,他年纪还轻,他将来活动的范围会比你的远远超过:总而言之,欧菲丽娴,不要相信他起的誓;因为他们全是些掮客,完全不是他们衣服上所染的那种颜色,他们只是一些怀有不干净念头的唠叨不

停的人，说起话来像是满口都是敬神言语的妓女似的，只是为了更能够骗人。就是这些：简单明白地说，我要你，从今以后，再不要糟蹋你的空闲的时间去同汉姆莱特大人东拉西扯。你注意，这是我的命令：走吧。

欧菲丽娅　我一定遵命，我的大人。
〔同下。

第四场　高台上

〔汉姆莱特,赫拉修,马西勒士同上。

汉姆莱特　这风吹得真有劲;倒真有点冷。

赫拉修　的确是一阵又一阵很冷的风。

汉姆莱特　现在是什么时候?

赫拉修　我想就要十二点了。

马西勒士　不,已经敲过了。

赫拉修　真的?我没有听见:那么就要到那鬼魂惯于出现的时辰了。

〔幕后一阵喇叭声,礼炮齐放。

　　　　　这是什么意思，我的大人？

汉姆莱特　是国王在今夜通宵欢宴，不停地畅饮，点着明灯蜡烛，在摇摇摆摆地起舞了；当他举起那莱茵的旨酒一饮而尽的时候，铜鼓与喇叭便立刻齐声喧奏庆祝他的万寿。

赫拉修　这是一种风俗吗？

汉姆莱特　唉，倒是的：但是在我的心里，我虽然是个本地人，生来便习惯于这种风俗，但是我却以为把它废除了却远比遵守它更为可敬。这种由早到晚的昏头昏脑的狂饮使我们受尽了别国人民的指责与批评：他们叫我们作酒鬼，用尽肮脏的名词糟蹋我们的名字；而其实也真是的，即使在我们的成就最伟大的时候，它也使我们的贡献的精华与实质为之贬低不少。这个，对于某些个别的人，其实也时常如此，为了他们天生下来的一些污点，譬如，先天的——这事他们是无辜的，因为天性的来源本来自己无法选择——为了某一种性格的畸形发展，它常常超越了理智的范围与界限，或是有一些什么习惯过分看轻了一般世人所称许的礼节形式，其结果，这些人，就烙上了一种缺陷的火印，我是说，就做了先天的奴隶，或是命运的傀儡——他们的其他品德——不管它如何纯洁坚贞不渝到若何永久的程度——他们还是要为了那某一种突出的缺陷受尽世人的指责与污蔑：一点点的罪过就会把一切高尚的品质都贬低了价值，变得与它同等的可鄙。

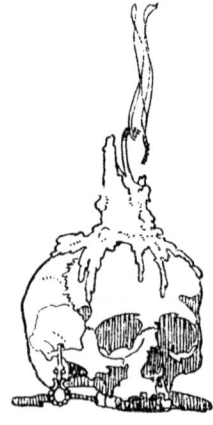

〔阴魂上。

赫拉修 看,我的大人,它来了!

汉姆莱特 众天使与赐福的神保佑我啊!不论你是个得救的精灵还是个永劫的魔鬼,伴随着你来的是天上和风还是地狱烈火,不管你的来意是凶恶还是慈悲,你既然用了这样一种引人发问的形式出现,我就一定要同你说话,我要叫你作汉姆莱特,大王,父亲,崇高的丹麦王:啊!你回答我!不要叫我在无知之中毁灭;你要告诉我为什么你那已经好好安葬过了的尸骨,又撕破了密封的尸布;为什么那墓窖,我们亲眼看见你在那里被安然置放,又打开了它那庞大而坚实的大理石门把你送到地面。这是什么意思,你,这死尸,又披起了全身的钢甲,又这样在惨淡的月光之下踽踽独行,使黑夜益增恐怖;叫我们这些天地之间的蠢材不住地抖颤,震骇失措,掉魄丧魂,全没有能力来思索这种现象的究竟?说,这是为什么?什么道理?我们该怎样做?

〔阴魂向汉姆莱特招手。

赫拉修 它在向你招手要你跟它去,它好像有些什么重要的消息要向你单独宣泄。

马西勒士 看,它的举动多么有礼,它在向你招手要你到个较偏僻的地方去:但是你不能跟它去。

赫拉修 不能去,绝对不能去。

汉姆莱特　它不肯说话；我就跟它去。
赫拉修　不能，我的大人。
汉姆莱特　为什么，有什么可怕！我把自己的生命早已看得一钱不值；至于我的灵魂，它又能把它怎样，既然灵魂本来是与它同样地属于不朽？它又在向我招手：我就跟它去。
赫拉修　它把你引到洪水边上又怎样办，我的大人，或是领你到那山岩的可怕的绝顶，高耸入云地突出在大海之上，然后在那里变成个什么骇人的模样，也许会吓得你大人立刻丧失了理智把你变成疯狂？你想想看：只要在那个地方，无需别的缘故，就会叫人人都把生死当作儿戏，站在那悬临在大海之上的危崖的顶点，听波涛在脚底下呼啸。
汉姆莱特　它还在向我招手，走吧；我跟你来。
马西勒士　你不能去，我的大人。
汉姆莱特　放开手。
赫拉修　听我的话，你不能去。
汉姆莱特　我的命运在呼喊，它已经使这个身体里的每一根细微的血管都坚强得像尼米安的雄狮的神经一样。它还在召唤我：放开我，朋友们；老天在上，谁不放我，我就把谁变成鬼，我说，走吧！你走，我跟你来了。

〔阴魂及汉姆莱特同下。

第四场　高台上

赫拉修　他胡思乱想得疯了。

马西勒士　我们跟他去；这样由他随便很不妥当。

赫拉修　跟上去。真不知道这件事会有什么后果？

马西勒士　在丹麦境内一定有些腐烂见不得人的事。

赫拉修　上天会保佑它的。

马西勒士　好说，我们跟他去。

〔同下。

第五场　高台上的另一部

〔阴魂及汉姆莱特同上。

汉姆莱特　你带我到哪儿去？你说：我不再跟你走了。

阴魂　你听我说。

汉姆莱特　一定。

阴魂　我的时辰就要到了，到那时候，我就必须再去忍受煎熬不停的硫黄火刑。

汉姆莱特　唉，可怜的鬼！

阴魂　不用可怜我，只请你郑重地听取我就要向你泄露的秘密。

汉姆莱特　说吧：我一定用心听。

阴魂　　　等你听完了,你一定也要同样的决心报仇。

汉姆莱特　什么?

阴魂　　　我乃是你父亲的阴魂;被判定在夜间的某一个时辰到外面来巡游,而在整个的白天,却要被监禁在火牢里,挨饿,一直要等到把我在人间所造的肮脏的罪孽全都被烧毁与清洗为止。但是我却被禁止向人间诉说我的牢狱里的秘密,我只要说一点零碎的事,其中最轻微的字句都会使你的生命枯竭,使你青春的血液冻结,使你的眼珠,陨星似的,飞出它们的天座,使你的乱结而黏着的头发立刻彼此脱离,一根根地竖立起来,像是被激怒了的刺猬身上的毛箭一样;但是这种属于永恒世界的消息却绝对不能宣泄给血肉的视听。你听,听,唉,听!只要你爱过你亲爱的父亲——

汉姆莱特　我的天哪!

阴魂　　　你就要为他那最卑鄙最伤天害理的谋杀报仇。

汉姆莱特　谋杀!

阴魂　　　谋杀本是最卑鄙的事,往好处说也仅能是如此;但是这一次却是最卑鄙,最不可想象,最伤天害理。

汉姆莱特　赶快告诉我,好叫我,鼓动起同思想或是爱情的相思一样迅速的翅膀,扑下去为你报仇。

阴魂　　　我知道你会的;如果你听见了这个还会不受刺激,你真是个比那在阴河两岸萧闲摇曳的白芦还要麻木不仁。唉，汉姆莱特，你听好：他们公开宣布，说我在花园里午睡的时候，被毒蛇啮了一口；就这样，一个捏造的关于我逝世的情形就把全丹麦人民都欺骗了：但是你要知道，高贵的青年人，咬死你父亲的那条毒蛇现在却戴上王冠了。

汉姆莱特　啊！我预言的灵魂哪！我的叔叔！

阴魂　是啊，那个乱伦的，荒淫无耻的禽兽，用他迷惑人的花言巧语，天生的奸诈——唉，万恶的口才与本领，竟然有这么大的引诱的力量！——为了满足他最可耻的性欲，赢得了我那看起来好像是最贤德的王后的心意：唉，汉姆莱特，这是个多么大的堕落！抛开我，我的爱是如此尊严可贵，一直是紧紧地遵守着我在结婚时向她立下的誓语；而堕落到这样一个不成材的东西身上，他有什么天生的才能能同我的相比！虽然淫念用天神一般的模样向他求爱，但是德行，还是永远不会动摇的，同样的，淫欲即使同光辉的天使成婚，它也还是要在天床上感到厌倦而抓食腐臭。但是，慢些！我觉得已经嗅到了清晨的气息；我简单地说吧，当我在花园里熟睡的时候，像我每天午后的习惯那样，你的叔叔偷偷地乘我没有提防，在小瓶里盛着该诅咒的毒木的浆液，把那传布毒癞的炼汁倾倒在我的耳腔里面；它的效力对于人类的新鲜血脉似有死仇，马上就同水银似的流泻遍了全身上下的一切血

第五场 高台上的另一部

脉与孔道；然后，猛然一股劲，它就凝结了固化了那健康与畅流的热血，就像把酸质滴在牛奶中一样：对于我正是这样；立刻就有一层垢皮长满了我的全身各处，大麻疯似的，有臭恶而可耻的一层肮脏，盖住了我润滑的身体。这样，我就在睡熟的时候，被一个兄弟的手把生命，王位与王后，一股脑儿结束了：甚至就在我罪孽重重的时候，切断了我的生命，不让我履行圣洁的典礼，令我毫无准备，不及忏悔。没有一点打算，就叫我背着满身的罪过去面对我自己的清算：啊，可怕！啊，可怕！真是可怕透了！如果你还有一点人性，你就不能容忍；你不能容许高贵的丹麦王君的御床变成宣淫与万恶的乱伦行为的所在。但是，不管你要怎样进行这一件事，你却万不可以动一点念头，令你的灵魂深处有任何不利于你母亲的打算：把她交给天，交给她心里所有的针刺去刺她好了。马上就要离别了！萤火虫告诉给我们黎明就要来临，它那无力的光亮已经渐渐惨淡：再会，再会，再会了！你要记住我。

〔下。

汉姆莱特 唉，你天上所有的神哪！啊，大地！还有什么？我还要加上地狱吗？啊，该死的！稳住，稳住，我的心；还有你，我的筋骨，你不要立刻就变老，你要把我倔强地支撑起来。记住你！是啊，你可怜的鬼，只要记忆还在这苦绞的头脑占一个位置。记住你！还用

汉姆莱特

说,我要从这记忆的图表上涂抹去一切琐碎而无聊的记录,一切青春与观察的能力在那里所抄录下来的一切典册的名言,一切形状,一切过去的印象;在我头脑的记录当中,我要只单单地留下你的诫令,绝不掺杂其他庸俗的事物:是啊,苍天在上!唉,最最阴险的女人。啊,恶棍,恶棍,谄笑的,永劫不复的恶棍!我的记录——我真应当把它写下来,一个人尽管笑,笑,但仍旧是个坏蛋;至少我相信在丹麦是如此的。(记录)好啊,叔叔,你跑不了哦。现在再记下:就是"再会,再会!记住我"。我已经起了誓。

赫拉修及马西勒士 (幕后)我的大人,我的大人!

〔赫拉修及马西勒士同上。

马西勒士 汉姆莱特大人!

赫拉修 上天保佑他!

汉姆莱特 但愿如此!

马西勒士 喂,喂,喂,我的大人!

汉姆莱特 喂,喂,喂,孩子,来吧,鸟儿,飞上来吧。

马西勒士 怎么回事,我高贵的大人?

赫拉修 有什么新闻,我的大人?

汉姆莱特 啊,好极了!

赫拉修 我的好大人,说说看。

汉姆莱特	不能；你会泄漏的。
赫拉修	我不会，我的大人，老天在上。
马西勒士	我也不会，我的大人。
汉姆莱特	那么，你们看怎样；人们的心会想到那件事？可是你们能够保守秘密吗？
赫拉修及马西勒士	能的，老天在上，我的大人。
汉姆莱特	在丹麦这里全国所有的恶棍，没有一个不是无恶不作的坏东西。
赫拉修	这个，我的大人，倒用不着叫鬼从坟里爬出来告诉我们的。
汉姆莱特	当然，不错；你们一点也不错；所以，完全不必再说什么其他的理由，我认为最好我们还是握一下手散了吧：你们呢，就去听从你们的职务及兴趣的吩咐；因为每一个人都有他的职务与兴趣，事实是如此的；至于在我这倒霉的一方面，我说，我想去祷告。
赫拉修	这些都是些疯癫而又不着边际的话，我的大人。
汉姆莱特	我很抱歉它令你不快，由衷地抱歉；是的，真是的，由衷地抱歉。
赫拉修	没有什么，我的大人。
汉姆莱特	抱歉的，圣帕特利克在上，该抱歉的，赫拉修，而且是非常地抱歉。至于刚才的那个影子，它是个老实鬼，这个我可以告诉你们；至于你们想知道在我与它之间干了些什么事，你们还是把这个念头打消了吧。现在，好朋友们，你们既然都是朋友，读书人，与军人，请答应我一个最低的要求。

赫拉修　　　什么,我的大人?一定答应。

汉姆莱特　　永远不要说出你们今晚所看见的一切。

赫拉修及马西勒士　　我的大人,我们绝不。

汉姆莱特　　不够,还要起誓。

赫拉修　　　真的。我的大人,我绝不说。

马西勒士　　我也绝不说,我的大人,绝不。

汉姆莱特　　按住我的宝剑。

马西勒士　　我的大人;我们已经起过誓了。

汉姆莱特　　不行,按住我的剑。不行。

阴魂　　　　(在地下)起誓。

汉姆莱特　　啊,哈,伙计!你也说话了?你在哪儿,老伙计?来吧,你们听见地洞里的这个家伙了吧:答应起誓吧。

赫拉修　　　你把誓词念一下,我的大人。

汉姆莱特　　永远不说出去你们所看见的这件事,按住我的剑起誓。

阴魂　　　　(在地下)起誓。

汉姆莱特　　到处都有你?那么我们就搬个地方。到这边来,先生们,把你们的手再放在我的宝剑上:永远不说出你们所听见的这件事,凭我的剑起誓。

阴魂　　　　(在地下)起誓。

汉姆莱特　　好说,老田鼠!你在地底下钻得这样快?倒是个好士兵!再搬个地方，好朋友们。

赫拉修 啊！白天同晚上，这事真是希奇透顶！

汉姆莱特 所以就把它当作一件新鲜的事来接受吧。赫拉修，在这天地之间，有许多事，都是你的哲学所梦想不到的。还是来吧；在这儿，跟刚才一样，永远不要，老天保佑你，不管我将要多么古怪，多么希奇，因为我从今以后也许会认为宜于装出一副希奇古怪的态度，你们，在看见我那样的时候，绝不要把两只胳臂这样一抱，或是这样摇一下头，或是说一些什么令人猜疑的话来，好像"嗯，嗯，我们知道"，或是"如果我们愿意，就可以说"，或是"如果我们高兴说"，或是"如果他们要的话，就能"，或是这一类含混吞吐的透露，叫人注意你们知道我的什么秘密：不这样做，就请慈悲的苍天在你们最危难的时候祝福你们吧。起誓。

阴魂 （在地下）起誓。

汉姆莱特 安息，安息吧，不安宁的阴魂！（两人起誓）好吧，先生们，我用全心全意的爱向你们致敬了：凡是像汉姆莱特他这样一个可怜的人物所能够做的事，只要能够对你们表示的敬爱与友谊，只要上帝允许，绝不会缺少。我们一道走吧；请你们永远保持缄默，我请求了。这时代的一切都脱了节：啊，该诅咒的苦恼，怎么竟会生下我来叫我把它纠正！罢了，来吧，我们一道走。

〔同下。

第五场　高台上的另一部

第二幕

第一场　波劳涅士家里的一间房屋

〔波劳涅士及雷纳尔多同上。

波劳涅士　把这钱同这几封信交给他,雷纳尔多。

雷纳尔多　是,我的大人。

波劳涅士　你要非常巧妙地行事,好雷纳尔多,在你去看他之前,你要先去打听他的品行如何。

雷纳尔多　我的大人,我是这样打算的。

波劳涅士　好啊,说得好,说得真好。你记住,先生,你先替我问问看在巴黎有些什么丹麦人,是什么情形,叫什么名字,什么身份,住在哪里，同些什么人常来往，要多少经费，用这种曲曲折折的方法，你自然就会引使他们承认说他们认识我的儿子；这个样子你可以比你用直接探问的方法更能够达到目的：你这时，应该这样，要表示略为知道他这个人，譬如说，"我认识他的父亲同他的朋友，对于他也略有所闻！"你听见了吗，雷纳尔多？

雷纳尔多 是，全听见了，我的大人。

波劳涅士 "有点认识他；但是，"你可以说，"不很清楚；但是如果我说的那个人就是他的话，他是个很胡闹的人，还有一些坏嗜好。"在这时你可以随便给他捏造几种毛病；当然是喽，不能太过分，以免玷污了他的名誉；注意这件事；只是，先生，那些荒唐，放肆而常见的过错，是一般青年人不受拘束的天性所常犯的那些毛病。

雷纳尔多 譬如赌钱，我的大人。

波劳涅士 是啊，或是喝酒，斗剑，赌咒，吵嘴，玩女人：你可以说这许多。

雷纳尔多 我的大人，这个会玷污他的名誉的。

波劳涅士 也会，也不会；只看你怎样说法。你当然不可以加给他那样一个罪名，把他简直说成个好色之徒；我不是那个意思：你要说得似有似无的样子，令人看起来是一种不受拘束的人的缺点，是一种豪爽性格的表现与不拘小节，是一种未经磨炼的感情上的粗放，是普通人都有的缺点。

第一场　波劳涅士家里的一间房屋

雷纳尔多　但是,我的好大人——

波劳涅士　你为什么要这样做呢?

雷纳尔多　是啊,我的大人,我正想问这句话。

波劳涅士　其实,先生,我的用意是在此,因为我相信这样做法才是可靠的证据:你把这些轻微的过错加在我儿子的身上,就像是一件东西在制造过程中沾了点污渍,你听好,同你谈话的人,你就可以试探他,如果他看见过你所暗示的那个青年犯过上面所说的那些重大的过错,他一定就会同意地跟你这样说:"好先生",或类似的称呼,或"朋友",或"先生",按照那个人同那个地方在称呼人的时候所常有的习惯。

雷纳尔多　很对,我的大人。

波劳涅士　然后,先生,他就这样——他就——我刚才要说什么?我的天,我刚才要说些什么来着:我说到了哪儿?

雷纳尔多　说到"就会同意地说",说"朋友或类似的",还说"先生"。

波劳涅士　说到"同意地说",是的,不错;他就会同意地这样说:"我认识这位先生;我昨天还看见他",或"有一天看见过他",这样,或是那样,同这个,或那个,然后,像你说的,有一次"赌钱,被人看见他拼命地喝酒,又有一次在打网球时跟人吵架":或是也许说,"我看见他走进一家卖淫的地方,"就是说,一家窑子,或是等等。你现在明白了;你所捏造的鱼饵便钓到了真正的大鱼,似

这样，我们有才能与远见的人，便用了迂回与旁敲侧击，用间接的手法得到了直接的结果：这样，就用我刚才说过的手段与方法，你去对付我的儿子。你明白我的意思了吗？

雷纳尔多 是，我明白了。

波劳涅士 上帝保佑你，再见吧。

雷纳尔多 是！

波劳涅士 用你的经验阅历去观察他的行为。

雷纳尔多 我一定，我的大人。

波劳涅士 叫他用功学习音乐。

雷纳尔多 是，我的大人。

波劳涅士 再见！

〔雷纳尔多下，欧菲丽娅上。

怎么样，欧菲丽娅！出了什么事？

欧菲丽娅 啊，我的大人，我的大人，吓死我了！

波劳涅士 为了什么事，老天爷？

欧菲丽娅 我的大人，当我在房间里做针线的时候，汉姆莱特大人，短衣的钮子全没有扣，头上也没有戴帽子，袜子龌龊不堪，没有系袜带，脚镣似的堆在脚背上；脸色白得同他的衬衣一样，两膝嗫嗫地乱抖，他的表情简直有说不出的求人可怜的样子，好像他才从地狱里被释放出来，特地来报告骇人的恐怖似的，他这样到了我的面前。

波劳涅士　为了爱你而发疯了吗？

欧菲丽娴　我的大人，我不知道，但是我却真也吓死了。

波劳涅士　他说些什么？

欧菲丽娴　他一把抓住我的手腕，抓得我好痛；然后他就把手臂平直地伸着，用另外一只手遮在他的脑门上，开始把我的脸上下周围仔细地看，好像他要把它画下来似的。这样他看了好久；最后，把我的手轻轻地一摇，把他的头这样上下点动了三次。他长叹一声，又是悲哀又是沉痛，好像要把他的身体全都爆炸，就此结束了他的生命似的：这个完了，他才放手，把头扭转着向背后望，好像完全不用着眼睛在走路；因为一直走到门口外面，他都不用眼睛，一直到最后，他都把眼睛紧盯在我的身上。

波劳涅士　来，跟我去：我要去见国王。这正是恋爱的狂热；它强烈的性质能够毁灭它自己，引导意志去干拼命的事，就像人间所有的任何一种热情都会毒害我们的天性一样。我很难过。可是，你近来是否对他说过什么难堪的话？

欧菲丽娴　没有，我的大人，只是，照你的吩咐那样，我拒绝接受他的来信，而且不许他来看我。

波劳涅士　正是这个叫他发了疯。我后悔没有用更多的小心及判断力来注意他：我担心他只是在玩弄你，打算糟蹋你；但是，我的疑心真该死！老天在上，我们上了年纪的人好像在无论出什么主意的时候都该过分提防，就像那些年纪轻的总是样样事都不够谨慎一样。来吧，我们去见国王：这事一定得告诉他；这个，如果秘密不讲，造成了痛苦也许会比讲了挨骂更要遭殃。走吧。
〔同下。

第二场　城堡里的一间广室

〔出场乐,国王,王后,罗森克兰兹,基尔敦司登,及侍从多人同上。

国王　欢迎,亲爱的罗森克兰兹同基尔敦司登!除了我的确非常想见到你们之外,我还有些事情需要你们做,也叫我急急地召唤你们前来。你们大概已经听到了汉姆莱特的神情陡变;只能这样说,因为无论在外表还是在内心里,这个人都跟从前完全两样。究竟还有些什么,除了他父亲的死而外,令他如此的神智错乱,完全迷失了他的本性,我做梦也不能想到:我请求你们两位,因为,你们从小就同他一起长大,你们年纪仿佛,又容易了解他的心理同行为，我希望你们同意在我的宫廷里住一些时候，然后由于你们的做伴，你们也许可以渐渐地引逗他从事寻乐，同时你们也可以乘此机会东摘西取地了解一下，究竟有什么我所不晓得的事使他如此痛苦，我晓得了，我也好设法予以补救。

王后　　好先生们，他时常谈起你们，我确实知道在这世界上再没有别的两个人使他如此看重。如果你们同意对我们表示这样多的恭敬与好意，同意跟我们在这儿住一些时候，来满足与便利我们的希望，那么你们的光临便要受到一种适合于国王身份的感谢。

罗森克兰兹　　你们两位圣上很可以运用你们在我们身上所有的威权，把你们可畏敬的意图变成命令而无需乎请求。

基尔敦司登　　我们全都遵命，在这里交出我们自己的全部，全心全意地把我们的劳役毫无保留地放在你们的脚下，听你们随时差遣。

国王　　多谢，罗森克兰兹同温和的基尔敦司登。

王后　　多谢，基尔敦司登同温和的罗森克兰兹：现在我就请你们立刻去访晤我那个改变了太多的儿子。去吧，你们去几个人，陪这两位大人到汉姆莱特那里。

基尔敦司登　　但愿老天爷叫我们的访问与办法，能使他愉快，对他有益！

王后　　是啊，阿门！

〔罗森克兰兹，基尔敦司登及随从数人同下。波劳涅士上。

波劳涅士　　派到挪威去的使臣们，我的好王上，已经快乐地回来了。

第二场　城堡里的一间广室

国王　　　你永远是个报告好消息的老头儿。

波劳涅士　是吗,我的大人?我敢保证我的好王上,我注意我的职务同注意我的灵魂一样,一面侍奉上帝,一面侍奉我尊贵的君王。而且我的确相信,若不然我的这个脑袋便不能似以前那样,每有所思就百发百中了,我相信我已经找到了汉姆莱特发疯的真正根源。

国王　　　啊,你说说看;我真希望如此。

波劳涅士　请你先接见大使们吧;我的消息可以作为盛宴将完时的那道水果。

国王　　　请你自己赏光给他们,领他们进来。

〔波劳涅士下。

国王　　　我亲爱的葛特鲁德,他告诉我他已经发现你儿子失常的全部来历与原因。

王后　　　我想除了那主要的便没有别的缘故了;就是他父王的死,与我们迫不及待的结婚。

国王　　　好吧,我们再来详细地问问他。

〔波劳涅士又上,后随勿尔蒂芒及孔尼列士。

国王　　　欢迎啊,好朋友们!你说,勿尔蒂芒,我的朋友挪威王怎样说?

勿尔蒂芒　非常美满的答复与问候。经我们提出之后,他马上就派人去阻止他侄儿的招兵行动,他起初以为这件事是准备对付波兰人的,但是更进一步了解以后,他才发现的确是对付你王上的:因此他

汉姆莱特

第二场 城堡里的一间广室

大为不欢,他的疾病,年老与无能竟会这样同谋合伙地把他欺骗,他立刻就差人去把芳丁布拉斯传来;而他也就服从了,受到挪威王的一顿申斥,其结果在他叔父面前指天立誓,从此再也不敢企图用武力对待王上了。因此老挪威王大为欢喜,就赏赐给他每年三千个"克朗",而且还委派他统率他事先招募的那些兵丁去攻打波兰人:他还有一封请求书,这里说得更清楚(呈上一张文书),请求你慨然答应,同意他安全通过你的国境以便进行那件工作,至于一切安全与供应的问题都已经在这里一一写明。

国王 我十分高兴,等我更空闲一些的时候我再细看,考虑与答复这一件事。现在我先谢谢你们的辛苦与勤劳:先去休息吧;晚上我们一起欢宴:真是欢迎你们回来!

〔勿尔蒂芒及孔尼列士同下。

波劳涅士 这件事可算是完满结束。我的王上,还有王后,如果来讨论国王应该怎样做,什么是责任,为什么白天是白天,晚上是晚上,时间是时间,全都是无聊,只是浪费白天,晚上和时间。所以,既然简练是口才的要义,啰唆是画蛇添足,浮华的外表,我就简短些。你们高贵的儿子疯了:我叫它作疯;因为,把真的疯下个定义,除了把它叫作疯之外是有什么别的呢?但是这且不去管它。

王后 多讲事实,少说废话。

波劳涅士 王后,我起誓我绝没有说过废话。他疯了,是真的:是真的才真

可怜,真可怜是真的:变成了一个傻子;但是不说这个了,因为我不要说废话。现在我们就承认他的疯吧,剩下的事就是要我们去找出来这个结果的缘故,或是不如说,这个坏结果的缘故,因为这个出现了毛病的结果是有缘故的:这就是剩下的事,剩下的事就是这个。你想想。我有个女儿,——她还没出嫁就是我的,——她为了尽责与服从,请你注意,就把这个交给了我:你们想一想,猜猜。(朗诵)"给那天仙似的,我灵魂的偶像,最最美化了的欧菲丽婀",这是一个丑字眼,坏字眼,"美化了的"是个坏字眼:但是你们还可以听下去。这样的:(朗诵)"在她洁白绝伦的酥胸里,这些。"等等。

王后 这是汉姆莱特写给她的吗?

波劳涅士 好夫人,不要性急;我一定老老实实地。(朗诵)"你怀疑天上的星是火;怀疑太阳的转动;怀疑真实是个骗子;但是绝不要怀疑我的爱。啊,亲爱的欧菲丽婀,我不擅长写这种诗;我没有本领计算我痛苦的呻吟;但是我最爱你,啊,最最地最,相信我。再会。最亲爱的小姐,只要这个躯壳还是属于他的时候,他就永远是你的,汉姆莱特。"这个,我的女儿为了孝顺的缘故,给我看了;而且还有,把他多少次的追求,按照时间,办法及地点的次序,都告诉给我听了。

国王 但是她怎样对待他的爱呢?

第二场　城堡里的一间广室

波劳涅士　你看我是个怎样的人？

国王　是一个忠实可靠的而且有荣誉的人。

波劳涅士　我但愿证实是如此。可是你们想我怎样，当我看见了这股热烘烘的爱情振翼而来——我一定得告诉你们，我的女儿还没有告诉我，我就已经看出来了——你想我怎样，或是我亲爱的王后陛下，你想我怎样，你们想我是不是装作一张书桌，或是一本笔记簿，或是闭起我心里的眼睛，装聋作哑，或是用一种似昏似暗的眼光去看待这个恋爱；你们想我怎样？都没有，我马上就开始活动，对我的年轻小姑娘我就这样说了："汉姆莱特大人是一位王子，你没有那个命；这事一定不许干。"然后我就给她开了方子，叫她严禁她自己，不到他的地方去，不接待他派来送信的人，不收他的礼物。吩咐完了，她就照着我的意思做了；而他被拒绝了之后，简单地说，就马上开始伤心，然后就饮食不进，然后就通宵失眠，然后就日渐消瘦，然后就精神恍惚，于是似这样每况愈下，变成了他这种颠三倒四的疯狂，令我们全都伤心不已。

国王　你想会是为了这个吗？

王后　也许，很像。

波劳涅士　可曾有过那么一次，我倒很想知道，当我肯定地说了"是如此的"，而结果是不如此的吗？

国王　我倒也想不起来。

波劳涅士 （指着头与肩）倘若不是为了这个，就叫它跟它分家；如果环境给我方便，我就决心把真相找出来看看，即使它是被藏在这地球的核心里。

国王 那么，我们该怎样进行呢？

波劳涅士 你知道，他有时候在这个走廊里散步，足足走上四个钟头。

王后 是的，他倒真是的。

波劳涅士 在这种时候我可以把我的女儿放给他；那时候，你同我可以躲在一幅幔帐的后面；注意观察他们的相会：如果他不爱她，不立刻当场就神魂颠倒，迷失本性，就再不用让我当这国家的首宰，还是叫我去种田养猪吧。

国王 我们来试一下。

王后 可是你们看，这可怜的人正苦着脸读着书来了。

波劳涅士 走开一下，我请你们，都走开一下：我马上就来招呼他。

〔国王，王后及侍从等同下。汉姆莱特上，读着书。

啊，原谅我：我的汉姆莱特大人，你近况可好？

汉姆莱特 好，不敢当。

波劳涅士 你认识我吗，我的大人？

汉姆莱特 认识之至；你是个贩鱼的。

波劳涅士 不是的，我的大人。

汉姆莱特 那么我就但愿你是个那样的老实人。

第二场　城堡里的一间广室

波劳涅士　　老实,我的大人!
汉姆莱特　　是啊,先生;老实人,照这个世界的情形看来,在一万个人里也不过能挑出一个。
波劳涅士　　一点不错,我的大人。
汉姆莱特　　因为如果太阳在一条死狗的身上都能养出蛆来,真是一块会献殷勤的臭肉——你有个女儿吗?
波劳涅士　　我有的,我的大人。
汉姆莱特　　不要叫她在太阳底下走路;怀孕虽然是一件有福气的事;但是如果你的女儿怀了孕——朋友,还是当心点好。
波劳涅士　　(自语)你看怎样?还是念念不忘我的女儿:但是他起先又不认识我;他说我是个贩鱼的,他简直疯得不轻,不轻:真是的,在我年轻的时候我也受过这种恋爱的罪;跟这个也差不了许多。我再来同他谈谈——你在看什么,我的大人?
汉姆莱特　　书,书,书。
波劳涅士　　里面都说些什么,我的大人?
汉姆莱特　　谁跟谁?
波劳涅士　　我是说,你念的书它说些什么事,我的大人。
汉姆莱特　　全是骂人的话,先生。因为这个挖苦人的流氓在这里说老头子都长着灰胡子,他们的脸上全是皱纹,他们的眼角流着浓厚的树胶似的臭眼屎,说他们的才智异常贫乏,还有瘦弱不堪的两条腿:

	这一切,先生,我虽然十二万分地相信,但是我认为把它写在这里还是有点缺德;因为你本人,先生,如果你跟螃蟹一样地倒着爬,你也会变得同我一般大的年纪。
波劳涅士	(自语)虽然这是疯话,倒也有些道理——你要到这外面去走走吗,我的大人?
汉姆莱特	走进我的坟。
波劳涅士	不错,那倒也是一种外面。(自语)他的回答有时候多么含意深长:有时候疯狂可以触到一种美妙的灵机,反而是理智与清醒所不能充分发挥的。我且离开他,去设法使他同我的女儿意外相逢。——我可敬的大人,我要以最卑顺的心情向你告别了。
汉姆莱特	先生,如果我不同意,你向我要什么我也不答应:除非你要我的命,我的命,我的命,我的命。
波劳涅士	再会了,我的大人。
汉姆莱特	这些讨厌的老混蛋!
	〔罗森克兰兹及基尔敦司登同上。
波劳涅士	你们去找汉姆莱特大人;他在这儿。
罗森克兰兹	(向波)谢谢你,大人!
	〔波劳涅士下。
基尔敦司登	我可敬的大人!
罗森克兰兹	我最亲爱的大人!

第二场　城堡里的一间广室

汉姆莱特	我的最好的朋友们！你好吗，基尔敦司登？啊，罗森克兰兹！好孩子，你们都好吗？
罗森克兰兹	只是这地球上的平平常常的人物罢了。
基尔敦司登	很快乐，只是因为并没有快乐得过头；在命运之神的帽顶上我们倒也不是它的帽珠。
汉姆莱特	也不是踩在她脚下的鞋底吧？
罗森克兰兹	倒也不是，我的大人。
汉姆莱特	那么你们便是在她的柳腰周围了，或是在她私笼当中了？
基尔敦司登	是啊，我们是她私房里的人呢。
汉姆莱特	在命运女神的私处吗？啊，一点不错，她本来就是个私娼。有什么消息？
罗森克兰兹	没有什么，我的大人，只是这个世界变得老实了。
汉姆莱特	那么这天地的末日也就快到了：不过你们的消息是不可靠的。让我再来盘问你们一下：我的好朋友们，你们到底做了些什么好事，叫命运女神特别地偏爱你们，把你们送到这个监狱里来？
基尔敦司登	监狱，我的大人！
汉姆莱特	丹麦就是个监狱。
罗森克兰兹	那么整个的世界都是的。
汉姆莱特	是个大的；这里面有许多囚禁犯人的地方，一间一间的同一格一格的，丹麦乃是最坏的当中之一。

罗森克兰兹	我们不是这样看的,我的大人。
汉姆莱特	嗯,那么对你们就不是了;因为本来就无所谓善恶,全凭那么一念之差:对于我,它就是监狱。
罗森克兰兹	不过,那是你的雄心把它变成的;对于你的雄才大略它是太狭隘了。
汉姆莱特	唉,上帝,若不是我做了噩梦,即使把我紧紧地关在一枚果壳里,我都能自以为是无涯空间的无上之王。
基尔敦司登	这些梦就是野心;因为野心家的实质只不过是梦的影子罢了。
汉姆莱特	梦的本身也不过是影子。
罗森克兰兹	是啊,而且我认为野心的本质是那样的虚空,那样的不可捉摸,它只不过是影子的影子罢了。
汉姆莱特	那么我们的叫花子便都成了实在的东西了,我们的国王们同了不起的英雄们便都成了叫花子的影子了。我们到宫里去吗?因为,我的天,我简直不能用思想。
罗森克兰兹及基尔敦司登	我们一定侍候你。
汉姆莱特	不要这样:我并不打算把你们同我的其他奴仆同类看待;因为,我对你们说句老实人的话,我被人家侍候得简直可怕。不过,看在老朋友的面上,你们到埃尔辛诺尔来是干什么的?
罗森克兰兹	来看你的,我的大人;没有别的事。
汉姆莱特	我是个穷叫花子,穷得连道谢的本钱都没有了,但是我还是谢谢

第二场　城堡里的一间广室

你们：而且，说老实的，亲爱的朋友们，我的道谢也许还是太多了点。你们不是被请来的吗？是你们自己的意思吗？是一个无计划的拜访吗？说吧，对我公平一些：说吧；不要那样，说吧。

基尔敦司登　我们怎么说呢，我的大人？

汉姆莱特　当然喽，什么都可以，就是要说真的。你们是被人请来的；在你们的脸上有一种忏悔的表情，你们的老实劲儿还没有能力把它遮盖得很好；我知道是那个好国王同王后请你们来的。

罗森克兰兹　为了什么，我的大人？

汉姆莱特　这个倒要请你们见教了。但是先让我噜苏你们几句，凭了我们朋友的权利，凭了我们青年时候的融洽，凭了我们长久保持的友爱的责任，还有凭着那个更可贵的更足以打动你们的理由，你们要对我坦白而直爽，你们是不是被人请来的？

罗森克兰兹　（对基尔敦司登旁语）你看怎样说？

汉姆莱特　（自语）算了吧，我早就看见了。——如果你们还爱我，就不要瞒我。

基尔敦司登　我的大人，我们是被请来的。

汉姆莱特　我来告诉你们为什么缘故；这样，我先说出来就可以免掉你们泄露秘密的责任，而你们答应国王同王后保持秘密的信用也就不至于发臭长毛了。我近来——但是究竟为了什么我也不知道——丧失了我的全部欢情，抛弃了一切娱乐；而且真个的，它

第二场 城堡里的一间广室

如此沉重地压迫着我的心情,使我认为这一块好地方,地球,看起来竟像是一片荒凉的海角;这最瑰伟的华盖,天空,你们看,如此威严而垂照着一切的苍穹,这气象万千的天顶嵌镶着黄金色的巨火,竟然,对于我,它变成了一片肮脏而重浊毒气的总合。人是怎么一回事:理想多么崇高!能力多么无限!在形状同行动上多么敏捷而可羡!在举动上多么像天使!在体会上多么像个神!是世界上的奇迹!是万物的精英!但是,对于我,这烂泥捏成的究竟是个什么?我看见人简直不能欢喜;不能,看见女人也不能,虽然你们的微笑好像是要说她能似的。

罗森克兰兹　我的大人,在我的思想里,并没有那个意思。

汉姆莱特　那么你为什么笑,当我说到了"人不能叫我欢喜"的时候?

罗森克兰兹　我的大人,我是在想,如果你不喜欢人,那么那班演戏的会从你那里受到怎样的冷淡呢:我们在路上遇见他们;他们正打算到这里来服侍你。

汉姆莱特　演国王的那个人是要受欢迎的;他陛下至少要受到我的敬礼;冒险的骑士也可以使用他的枪和盾;情人的谈情说爱也可以得赏;好吵架的也可以和平相处到底;小丑可以叫喜欢笑的人笑个够,而且演夫人的也可以毫无拘束地谈谈她的心事,若不然那种无韵诗可就写不下去了。他们是些什么演戏的?

罗森克兰兹　就是你一直喜欢的那一批,城里的悲剧演员。

汉姆莱特　他们怎么会出来旅行的？他们在城里上演，在名利两方面，都是合算得多的。

罗森克兰兹　我想他们的辍演是为了近来的一个新鲜事。

汉姆莱特　他们可是还同我在城里的时候一样有良好的评价吗？依旧受人捧场吗？

罗森克兰兹　不是了，真的，他们已经不如从前了。

汉姆莱特　那是怎么变的？是不是老得生锈了？

罗森克兰兹　不，他们倒也跟先前一样的卖力。但是大人，城里出现了一群小孩子——一窠小鹰，他们扯直着嗓子喊台词，台底下拼命给他们捧场：这些都是当前的时髦事，他们把许多普通戏班子都压倒了——他们这样说——叫许多动刀动枪的都怕上了耍笔杆的人，他们都不敢去了。

汉姆莱特　怎么，是些孩子吗？谁支持他们？谁是他们的后台？他们除了扯着嗓子叫以外还钻研他们的行业吗？如果有朝一日，他们长大成人变成了普通演戏的——如果他们没有更多的本事，结果自然是这样——他们岂不要后悔不及，埋怨他们的作者，害得他们把自己的前途都毁了吗？

罗森克兰兹　是啊，两方面都纠缠不清，而所有的人也不把制造他们之间的对立和纠纷当作是一种罪过：曾经有过一个短时期，除非写个什么叫那些诗人同那些演戏的拼个你死我活的戏，简直就挣不到钱。

汉姆莱特　　　可能吗？

基尔敦司登　　是啊，真不知道浪费了多少有用的脑筋。

汉姆莱特　　　是那些孩子们占了上风吗？

罗森克兰兹　　是啊，是他们占了上风，我的大人，把地球戏院整个都抬走了。

汉姆莱特　　　这倒也并不太希奇；我的叔叔现在做了丹麦王，在我父亲活着的时候，那些见了他就皱眉毛装鬼脸的人们现在都肯花二十，四十，五十，一百个"德克特"来买他的一张小画像。该死的，这里面一定有些异乎寻常的道理，但愿哲学能把它发掘出来。

〔幕后一阵鼓乐声。

基尔敦司登　　是演戏的来了。

汉姆莱特　　　先生们，欢迎你们到埃尔辛诺尔。请伸出手来，握一下吧。这种欢迎之词乃是形式与浮礼：让我这样先向你们表示一下，否则我对于那些演员们的招待，那个，我先说下，是要在外表上热烈一番的，也许会使你们有轻重厚薄之感。欢迎你们：但是我的叔叔兼父亲同婶娘兼母亲却上了当了。

基尔敦司登　　什么事，我敬爱的大人？

汉姆莱特　　　我的疯，方向是北北西：至于刮南风的时候，我老远就能辨得出是一只什么鹰。

〔波劳涅士又上。

波劳涅士 先生们,你们都好!
汉姆莱特 你听清楚,基尔敦司登;你也用心听;一只耳朵不够用,要两只:你看这个大娃娃还没有脱下他的开裆裤呢。
罗森克兰兹 也许他已经到了第二度童年;因为人们都说老头子就是第二次做孩子。
汉姆莱特 我敢预言他是来报告演员们的消息的;你们听好。你说得不错,先生:在星期一早晨;是这样的,不错。
波劳涅士 我的大人,我有个消息向你报告。
汉姆莱特 我的大人,我也有个消息向你报告。当罗修斯在罗马演戏的时候——
波劳涅士 演戏的人们到这里来了,我的大人。
汉姆莱特 好说,好说!
波劳涅士 凭我的荣誉——
汉姆莱特 那么每个演戏的都是骑着驴来的了——
波劳涅士 全世界最好的演员,不管是悲剧,喜剧,历史剧,田园剧,田园喜剧,历史田园剧,历史悲剧,历史田园悲喜剧,按规矩写的剧,还是不按规矩写的剧:西奈加不会显得太沉闷,普老特斯也不会太轻松。对于严照古人规格写的以及随意任性的创作,他们都是独一无二的。

汉姆莱特　啊,杰夫泰,以色列的大法官啊,看你有多少宝贝!
波劳涅士　他有个什么宝贝,我的大人?
汉姆莱特　当然喽。"有一位美丽的女儿,没有别的,而他爱她却是会异乎寻常啊。"
波劳涅士　(自语)还是念念不忘我的女儿。
汉姆莱特　我说得对不对,老杰夫泰?
波劳涅士　如果你把我叫作杰夫泰,我的大人,我的确是有一个女儿,而且我也爱她异乎寻常。
汉姆莱特　不,不是这样接下去的。
波劳涅士　那么,接下去是怎样的,我的大人?
汉姆莱特　好啊,"像命运的安排,上帝明白,"然后你知道,"于是有一天,事实上常常如此这般,"——敬神的曲子第一节里还有许多;你看,打断我话头的来了。(演员四五人同上)欢迎啊,大师们;欢迎你们全班。我真高兴看见你们康健如常。欢迎啊,好朋友们。啊,我的老朋友!怎么,这一会儿不见就长出一嘴毛来了;你可是到丹麦来同我比胡子的?怎么样,我的小贵妇小情人!圣母在上,你夫人比我上次看见你的时候又高了一个鞋跟了。祷告上帝,不要叫你的嗓子变成个哑巴,像一块不能流通的硬币似的。大师们,全都欢迎。我们爱看戏还是像法国养鹰的人似的,无论什么都是没命地追,马上就来一段:来吧,叫我们先领略领略你

们的韵味；来，来一段热情奔放的台词。

演员一　哪一段，我的好大人？

汉姆莱特　我听见你有一次向我念过一段，但是从来没有演过；或是，如果演过，至多也不过一次；因为，我记得，这个戏，大多数的人都不能欣赏；对于一般人它是奇珍异味；但是——我认为，还有在这方面比我的眼光更高明的人们也认为——那却是个异常优美的剧本，分幕精当，编写得又朴实又技巧。我记得，有人说在那诗行里并没有特制的香料使它浓得受不了，在句子里也没有什么东西可以令人指摘说作者犯了矫揉造作的毛病；它只是一种老老实实的手法，健康而可爱，比所谓精致细腻要好得多。其中有一段我特别喜欢：是埃尼斯向狄多讲故事的那一段；尤其是当中他讲到普利安被杀的那一部分。如果你还能记得，就从那一行开始吧；让我想想看，让我想想看；"那粗调的披鲁斯，似希坎尼安的猛兽，"——不是这样的：是从披鲁斯开头的。"那粗犷的披鲁斯，他黑亮的臂膀，同他的心思一般漆黑，当他蜷卧在那阴森可怕的马腹底下，像乌黑的夜，这时在他可怖的与漆黑的脸上，涂抹了一层更阴森的花面：从头顶到脚底，他现在浑身是血；骇人地滴流着无数人的父亲，母亲，儿子女儿的血，同那烧焦了的街道一齐烘烤成了血饼，为了它们的主人被杀又增加了一层残忍与万劫不复的昏光：在暴怒与烈火之中煎熬，现在

第二场　城堡里的一间广室

为了周身凝结的血块而臃肿起来了,他的眼睛赤红得像宝石,这地狱里的披鲁斯到处在寻找老头子普利安。"这样,你接下去。

波劳涅士　天哪,我的大人,真念得好,声调轻重都好,真是好。

演员一　"马上就找到了他,正在砍着希腊人而落了空;他的古剑,不听他手臂的操纵,落下了便抬不起来,反抗他的舞弄:双方的实力悬殊,披鲁斯对着普利安举刀便砍;在暴怒之中一击落空;但是在他无情的钢刀'呼'的一声当中,那吓呆了的老头子便一跤跌在地上。那时,无知的伊林姆宫殿,也像是觉得了这一击的震动,它熊熊燃烧的屋顶也一下子整个地崩溃,那骇人的巨响怔住了披鲁斯的听觉:因为,你看!他的钢刀正待砍落在那普利安的白色的头顶上时,却似胶住在半天空:这样,一个满身彩绘的暴君,披鲁斯立在那里,像是他自己的意志同欲望之间的第三者,茫茫无从。但是,似我们常见的那样,当风雨欲来,天空里的一刹那沉寂,乌云滞定,狂风也无语,下面的大地与死亡一样肃静,而立刻那骇人的惊雷就震裂了灵空,似这样披鲁斯在一顿之后那遏不住的复仇的心思又使他动手;即使赛克劳普的铁锤落在那战神玛尔斯的为了永恒铸炼的甲盾上,也比不上披鲁斯的血淋淋的钢锋现在砍在普利安的身上那般狠重。滚开,滚开,你这娼妇,司命的女神!你所有的神,开一次大会,褫夺了她的权力吧,把她纺车上的轮轴一起折断,再把那轮毂从天上丢下来

第二场　城堡里的一间广室

吧，让它滚到魔鬼的所在！"

波劳涅士　太长了。

汉姆莱特　它快要理发了，跟你的胡子一样。请你，再说下去：他是专门听小曲子或是讲男女私情故事的，不然他就睡着了：说下去，说说希古巴。

演员一　"但是谁，啊，谁看见那蒙面的女王——"

汉姆莱特　"蒙面的女王？"

波劳涅士　这个好；"蒙面的女王"才有意思。

演员一　"赤着脚来回奔跑，好像要用她汪流的咸泪来浇熄四周的火焰；头上本来戴着皇冠的，现在却披着一块惨淡的破布；在她的细腰周围，同她那丰满的臀部前后，缠着一条毛毯，是她在惊惶失措之中把它顺手拾来，代替着长袍。谁看见这幅情景，都会用毒汁浸透舌尖大声喊叫着反叛，抗议命运之神的这种处分：即使天上的诸神这时望见了她，当她亲眼看着披鲁斯恶毒地作弄着，用他的钢刀一块一块地砍剁她丈夫的肢体，她这一声惨绝人寰的呼号，除非人间的事全不能感动天上的神，否则都会使老天的炎炎火眼流泪不止，叫天神们都要心酸。"

波劳涅士　看，他的颜色都变了，眼眶里全是泪水。请你不要再说下去了。

汉姆莱特　很好；等一会我再请你说完。我的好大人。能不能请你好好地去招待这些演员？你听见没有，你要好好地款待他们，因为他们乃是这个时代的综合而简练的历史记录者；你要宁愿在死后被人写一篇坏碑文，也不要在你活在人世上的时候叫他们把你骂一通啊。

波劳涅士　我的大人，我一定按照他们的身份去招待他们。

汉姆莱特　上帝鉴证，老头子，要比那个好得多：按照每个人的身份去招待他，是该挨顿鞭子的。你要按照你的尊荣同地位去招待他们；他们越是不配，你才越显慷慨大方。领他们去吧。

波劳涅士　来吧，各位。

汉姆莱特　跟他去吧，朋友们：我们明天就来一出。

〔波劳涅士及演员等全下，留下演员一。

请你听我说一句话，老朋友；你会演龚察果的暗杀那出戏吗？

演员一　会的，我的大人。

汉姆莱特　我们明天晚上就演它。如果为了需要，我给你写个十几行台词插在里面，你能不能背熟？

演员一　能的，我的大人。

汉姆莱特　很好。跟那位大人去吧；你注意不能开他的玩笑。

〔演员一下。

我的两位好朋友，少陪了，晚上再见：真欢迎你们到埃尔辛诺尔来。

罗森克兰兹　是，我的大人！

第二场 城堡里的一间广室

汉姆莱特 好吧,就这样了,上帝祝福你们!

〔罗森克兰兹及基尔敦司登同下。

现在只剩下我一个了。唉,我究竟是个什么样的无赖同愚蠢的奴才!多么了不起,刚才这个演戏的,只是在虚构当中,在一度热情的幻想里,就能够如此逼使他的心灵配合他的想象,而且为了这个缘故,叫他的面色全都改变;泪满眼眶,脸上全是痛苦,声音破颤,他的全身上下都配合着他所想象的形状?而一切并不为了什么!为了希古巴!希古巴与他何亲,他又与希古巴何旧,致令他为她落泪?假使他能有像我所有的这种动机与悲愤的引子,他又该怎样?他一定会把全台都汪满了泪,把所有的人的耳鼓都用骇人的言语震破,叫有罪的全都发疯,叫无辜的也全都失措,叫无知的人昏惑迷乱,真的会叫所有人的眼睛同耳朵全都丧失了作用。但是我,一个昏昏沉沉的不堪造就的奴才,摸摸索索,成天的白日做梦,麻木迟钝,不知怎样行动,一句话都说不出;说不出,为了一个国王都说不出,人家把他的全部财产与最可贵的生命却一脚踩个稀烂。我是个懦夫吗?有谁叫我作混蛋?把我的脑袋打开?拔掉我的胡子,把它吹在我的脸上?拧我的鼻子?堵住我的嘴,说我撒谎,堵住我不许我还嘴?谁来这样对待我?哈!老天爷,我都只好顺受。因为不能不这样,我一定是长着鸽子的肝,完全缺少痛恨压迫与欺凌的胆量,若不然,老早就

该用这奴才的臭肉:血腥的,淫邪的,混蛋的臭肉,喂肥了天上的兀鹰!不知羞惭的,阴险奸诈的,荒淫无度的,毫无人性的混蛋!啊,报仇!看,我简直是头驴!这个倒真勇敢,我这个人,是一个被人家谋害了生身之父的儿子,天堂与地狱全都催促着要我报仇,可是我,却像一个老娼妇,用空谈发泄我的苦闷,像一个泼妇似的,只会一个劲儿地诅咒骂街,简直成了个长舌妇!该死的!算了吧!动一动,我的脑筋!嗯,我听说犯过罪的怀鬼胎的人们,坐着看戏,曾经被那戏上的巧合情节触到了那心坎里私事,因而立刻就泄露了他罪恶的真情;因为谋害人命的事,虽然自己不讲,却会由最奇妙的机构将它泄露。我要使这些演戏的在我叔叔的面前演一段模仿我父亲被谋杀时候的情节:我要观察他的神色;我要触到他的要害:只要他有一点反应,我就知道该怎样行事了。我所看见的那个阴魂也许是一个魔鬼:而魔鬼都有力量装出一副讨人欢喜的模样;是啊,也许正是由于我的软弱同我的悲伤,因为对于这种人它是最有力量的了,它存心要糟蹋我,叫我万劫不复。我应该有个比这个更可信的证据:我要全仗这一出戏来叫国王的良心自投罗网。

〔下。

第三幕

ACT THREE
SCENE ONE

第一场　宫里的一间大室

〔国王,王后,波劳涅士,欧菲丽婀,罗森克兰兹及基尔敦司登同上。

国王　你们怎么就不能够用旁敲侧击的方法,试探出来他为什么装出这一种错乱的模样,他的日子本来过得好好的,很平静,怎会一下子就来了如此反常而危险的疯狂?

罗森克兰兹　他倒是承认他自己觉得精神不安,但是为了什么缘故他却不肯吐露。

基尔敦司登　而且我们发现他还不大肯受人试探;当我们企图引诱他把他的

	真实情况说一点出来的时候,他只是用一种巧妙的疯话,推得远远的。
王后	他接待你们很好吗?
罗森克兰兹	很有高贵人物的风度。
基尔敦司登	但是看得出来态度很勉强。
罗森克兰兹	不大发问,但是对于我们的问题却是很痛快地答复。
王后	你们可曾引逗他做什么消遣吗?
罗森克兰兹	夫人,事情很凑巧,我们在路上赶过了一些演戏的人:我们把这件事告诉了他,他听见了之后,好像很有一些高兴的样子。他们已经来到这宫廷的外面,而且,据我知道,他们已经得到了吩咐今天晚上在他面前演出。
波劳涅士	这事一点不假:而且他还请我邀请你们两位王上去观赏一出。
国王	我衷心接受;我很满意听说他有这种心向。好先生们,你们再推他一下,叫他的心情再多接近这些娱乐。
罗森克兰兹	遵命,我的大人。
	〔罗森克兰兹及基尔敦司登同下。
国王	亲爱的葛特鲁德,请你也离开一下;因为我们已经在暗地里差人找汉姆莱特到这里来,希望他,好像是出于意外,在这里遇到欧菲丽婀:她的父亲同我,都是合法的监护人,我们要躲在一旁,在暗中观察,老实公正地判断一下他们的会面,然后,根据

第一场　宫里的一间大室

他的行为,再来断定,究竟是不是他的恋爱叫他苦痛不堪。

王后 我一定遵命;至于你呢,欧菲丽娴,我真希望你纯洁的美丽乃是汉姆莱特发疯的可以欢喜的缘由:那样,我就可以盼望你的美德能使他恢复了常态,对于你俩都有光彩。

欧菲丽娴 夫人,我也希望如此。

〔王后下。

波劳涅士 欧菲丽娴,你在这里行走。大人,请,我们躲起来吧。(对欧菲丽娴)你念这本书;你要装出一种姿态,表示你并不是待在这里无聊。我们这样干是该挨骂的——真不知道证实过多少回了——外表上一本正经,行为上敬畏上帝,而在糖衣的里面却藏着一个魔鬼。

国王 (自语)唉,真是不错!这句话简直是把我的良心爽辣地抽了一鞭!我满口都是最冠冕堂皇的话,但是,那娼妇的脸,涂抹了漂亮的浓厚胭脂,也不比我所干的事显得更丑啊:唉,好沉重的负担!

波劳涅士 我听见他来了:我们躲起来,我的大人。

〔国王及波劳涅士同下。汉姆莱特上。

汉姆莱特 生存还是不生存,就是这个问题:是在心里忍受那无情命运的横飞逆来的打击更为可贵呢,还是面对着海洋一般的无边艰难,操起武器,用反抗来把它们消灭呢。死:睡着啦;一切都从此完

第一场　宫里的一间大室

结；如果说睡着了我们就能够结束那种心痛，肉体所无法避免的上千种的与生俱来的挫折，这种毁灭倒也值得馨香祈求。死：睡着啦；睡着：也许要做梦。唉，这里就出了岔子；因为在那种死亡的沉睡里，当我们摆脱了这种人间的苦难之后，会有些什么梦呢，这事一定要费些斟酌：就是这么一点才叫那灾难如此地长生不已；因为倘使一个人能用小小的一把匕首就把他自己解脱，又有谁肯忍受那时间的鞭挞与玩弄，压迫者的横行霸道，傲慢的人们的凌辱无礼，失恋的痛苦，法律的拖延，官吏衙门的仗势欺人，以及穷人所忍受的，而且被称为美德的，那种拳打脚踢呢？又有谁肯戴着重枷，在一种疲惫的生活压迫之下呻吟流汗，若不是为了害怕死后的那一点事，那一片无人发现的境界，从那个国土里从来没有过旅客归来，还不是这件事费我们疑猜，叫我们宁愿再忍受一些我们已知的灾难，也不肯逃到我们所不知道的其他境界？像这样，理性就把我们都变成了无用的懦夫，像这样，在决断的本来面目之上就涂上了一层惨淡的思想的病容，而品质伟大与当机立断的雄才大略便因为这一种顾虑而走偏了方向，再不能以行动见称。你且轻些！美丽的欧菲丽娟！水中的仙女，在你的祷告里不要忘记代我所有的罪恶祈求恩典哪。

欧菲丽婀　我的好大人，你大人这些日子怎么样？
汉姆莱特　我谦卑地谢谢你：好，好，好。

087

第一场 宫里的一间大室

欧菲丽娴 我的大人,我有你的一些纪念物,我早就想把它们还给你;请你,现在就收回吧。
汉姆莱特 不,我不能;我从来没有给过你什么。
欧菲丽娴 我可敬的大人,你很知道你是给过的;而且在送我的时候还有许多甜蜜的言语,使那些礼物更显得珍贵:它们的香味既然散了,就把它们拿回去吧;因为对于一个自尊的人,送礼的人既已无情,礼物纵然丰厚也是菲薄了。喏,我的大人。
汉姆莱特 哈,哈!你老实吗?
欧菲丽娴 什么?
汉姆莱特 你长得漂亮吗?
欧菲丽娴 你大人这是什么意思?
汉姆莱特 这就是如果你又老实又漂亮,你的老实就千万不要同你的漂亮来往。
欧菲丽娴 我的大人,难道还有比漂亮与老实相结合更好的事吗?
汉姆莱特 是啊,一点不错;不过漂亮的魅力马上就会把老实的品质变成淫荡,而老实却完全没有力量把漂亮改变得同它一样:这句话曾经被人指为是邪说,而现在事实却已经把它证实了。我曾经有一度爱过你。
欧菲丽娴 是的,我的大人,你也曾叫我如此相信过。
汉姆莱特 你不该相信我的;因为道德绝不能改变我们的老毛病而让我们

	|非常喜爱它；我没有爱过你。
欧菲丽娅	那我就更被你骗得苦了。
汉姆莱特	你赶快进个尼姑修道院吧。你为什么要做一个生育罪人的人？我这个人算是相当老实；但是我还可以指控我自己许多罪行，但愿我的妈妈当年根本就没有生我。我很骄傲，有仇必报，雄心勃勃；但是我的威风都在嘴上，既没有把它们付诸实行的思想，又没有幻想的能力叫它们成形，又没有时间使它们变成行动。像我这种人在天地之间爬行有些什么用？我们都是些无知的蠢物；谁也不要相信我们。你还是到个尼姑庵去吧。你的父亲在哪里？
欧菲丽娅	在家里，我的大人。
汉姆莱特	把门关起来，不要放他出来，叫他除了在他自己的家里之外不要到别处去做傻瓜。再会。
欧菲丽娅	啊，亲爱的天哪，救救他吧！
汉姆莱特	如果你要结婚，我就给你一个恶咒做你的婚礼：即使你坚贞似冰，纯白如雪，你还是免不了受人诽谤，赶快进个尼姑庵吧，快去，再见。不然，如果你一定要结婚，你就嫁给一个傻子；因为聪明人很知道你会把他们变成个什么样的怪物。进尼姑庵，去；而且还要赶快。再会。
欧菲丽娅	啊，天上的神力啊，叫他明白过来吧！

第一场　宫里的一间大室

汉姆莱特　我还听人说你们化装打扮，很清楚：上帝给你们一张脸，可是你们自己又画上一张。你们忸怩作态，你们嗲声嗲气，你们扭来扭去，你们给上帝的造物乱加小名字，拿你们的放荡当作你们的无知。算了，我再不要说它了：它都把我气疯了。我说，从此以后再不要有结婚的勾当：那些已经结了婚的，除了一对，都还可以活下去；别的人就维持老样子吧。进尼姑庵，去。

〔下。

欧菲丽婀　啊，这里毁掉了一个多么高贵的心胸！重臣的，军人的，学者的，眼神，辞令与武艺：这美好的国土的希望与鲜花，式样的模范与举止的典型，一切观摩者的对象，彻底地毁掉了！而我呢，女人里面最不幸而可怜的一个，我从前听过他美妙同音乐一样的山盟海誓，而现在却亲眼看见那可贵的充满自信的理性同裂碎了的银铃一样，破败与沙哑；那无可比拟的仪表与正当英年的风度也被疯狂破坏了：唉，我真苦恼无边，多么不幸，亲近过他的当年，又看见了他的今天！

〔国王及波劳涅士又上。

国王　恋爱！他的心思不是朝着那个方向；而且他所说的话，虽然有一点不大连贯，却也不像是疯狂。在他的灵魂深处有些事叫他苦思深虑地想个不停，这个令我担心有朝一日露出来真象，其中定有危险的成份：为了避免这个，我已经迅速地下了决心，如此地决定——他立刻就给我到英格兰去,去催讨那没有给我送来的贡礼:也许海洋与地方的变换,风物的不同就会驱散那停滞在他心上作怪的东西;是他的头脑一个劲地思索一件事,才使他如此地改变了常态。你看怎么样?

波劳涅士 那样也好:但是我还是以为他苦恼的根源与来历就是因为失恋。怎样,欧菲丽娅! 你不必告诉我们汉姆莱特大人说些什么;我们都听见了。我的大人,随你怎样做吧;不过,如果你认为妥当的话,可以在看完戏的时候,让他的母后一个人盘问他一下,让他说说他的苦闷;叫她同他坦白地讲;同时我可以,如你同意,躲在方便的地方偷听个明白。如果她还问不清楚,再送他到英格兰去,或是把他监禁在你大人的英断所认为适宜的场所。

国王 就是这样:重要人物的疯狂绝不能不加意提防。

〔同下。

第二场 宫里的一间大厅

〔汉姆莱特及演员数人同上。

汉姆莱特　请你像我刚才念给你听的那样,用舌尖清楚地吐字:如果你满口地咀嚼,像你们许多演员那样,我就宁愿叫街上报告新闻的人来念我的诗句了。也不要把你的手胡乱舞动,像这样;应当一切自在:因为在你感情的洪流与风暴当中,或是,我说,即使是热情高涨到了天空,你也一定要保有而且要产生一种节制,令它一切都很自然。啊,我真是从心里发怒,当我听见一个粗劣不堪的头戴假发的家伙,把热情表演得碎成片断,拼命地喊叫,把那些站在台前看戏的人们的耳膜都震破了,这些人,至多,也只配演个莫名其妙的哑剧或是乱吵一顿:这种人演凶神的时候比凶神还凶;演希洛特的时候比希洛特还像希洛特,真该挨顿鞭子;求求你,千万不要这样。

演员一 我向你大人担保。

汉姆莱特 但是也不能太软弱无力,你应该多动点脑筋决定怎么做:台词要同表情相合,表情也要跟台词相称;你要特别注意这一点,就是不要越过自然的界限:因为无论把什么表演过火,都是违背了表演的原则,它的目的与实质从古到今都是在自然的面前举起一面镜子;或是表现出德行的特征,或是讽刺它的偶像,整个的时代与时间的实质就是他的形象与动力。这个,无论是演得过火或是太瘟,虽然那些没有修养的观众也许会笑,可是真正内行的却只有说不出的苦了;这么一个人的评价,你们应该看得比整个剧院的观众还要重要。啊,我曾见过一些演员演戏,而且还听见有人赞美,还捧得不得了,我并不是不敬上帝,但是我也只好说这些演员说话同走路简直不像个基督徒,岂止如此,连一个异教徒,就是一个起码的人都没有像他们那样大叫大跳的,我都以为是什么老天爷的笨匠创造了人,没有造好,把人造得如此讨厌的样子。

第二场　宫里的一间大厅

演员一　我希望在我们当中这种毛病已经改进许多了,大人。

汉姆莱特　啊,完全改掉。叫你们那些演小丑的除了写下的台词以外,不要随便乱加别的:因为他们当中有一种人自己喜欢笑话,而且也叫一些无知无识的观客跟着哄笑,全不管那时候在戏里有些什么重要的情节正待开展;这简直是作恶,这样干的丑角只不过表示他最可怜的企图讨好而已。去吧,你们就去准备。

〔演员等同下。波劳涅士、罗森克兰兹及基尔敦司登同上。

怎么样,我的大人!国王来看这一出小戏吗?

波劳涅士　王后也来,马上就来了。

汉姆莱特　叫演员们加紧准备。

〔波劳涅士下。

能不能请你们两位也去帮着催他们一下?

罗森克兰兹及基尔敦司登　是,我的大人。

〔罗森克兰兹及基尔敦司登同下。

汉姆莱特　喂,喂!赫拉修!

〔赫拉修上。

赫拉修　我在这儿,亲爱的大人,听你吩咐。

汉姆莱特　赫拉修,你是在我所有交谈过的人里面最正直的一位人物。

赫拉修　啊,我亲爱的大人——

汉姆莱特　不,不要以为我奉承你;因为,奉承你又能给我什么好处,你除

了为人正直,勉强足衣足食之外,又没有别的收益?奉承穷人干什么?用不着,还是叫如饴之舌去舔吮富贵吧,到那发财紧跟着谄媚的地方去弯曲那灵活的膝盖骨吧。你听见了吗?我的心灵在取舍之间既然能够自己做主,而且又能够辨别人类的善恶,她现在就为她自己选中了你:因为你曾是那样的一个人,受着一切痛苦,然而包涵无怨;你这个人,在命运的打击与恩赐之下,永远保持着平衡与冷静:这种人真有天福,他们的感情与理智调和得如此均匀,他们绝不是命运之神手里的笛子,随意由它吹弄。你告诉我有谁不是感情的奴隶,我就一定把他安放在我心的中央,不仅如此,在我心中央的中央,像我对你这样。这种事谈得太多了。今晚要在国王的面前演一出戏;其中有一场会很像我所告诉过你的关于我父亲去世时候的情景。我请你,当你看见那一场上演时,你就用你心灵当中的最高的批判能力密切地观察我的叔叔:如果他隐秘的罪恶在念到某一段台词的时候没有暴露,那么我们所遇见的便是个万劫不复的鬼,而我的想象也就同乌尔甘的铁店一般污黑。你全神贯注地盯住他。至于我,我的眼睛要紧紧地扣住他的脸,然后我们再把两人的意见结合起来判断他的反应。

赫拉修 好,我的大人:如果他能在演戏的时候有任何一点举动逃脱了我的侦查,我情愿负赔偿的责任。

第二场　宫里的一间大厅

汉姆莱特　他们来看戏了：我要做出闲散的样子；你去拣个座位。

〔丹麦进行曲。一阵号鼓。国王，王后，波劳涅士，欧菲丽婀，罗森克兰兹，基尔敦司登，及其他大臣多人随侍，卫士多人拿着火把，同上。

国王　我的侄儿汉姆莱特，日子过得好吗？

汉姆莱特　好极了，真是的；我吃的是一盘变色龙：完全靠喝西北风，都被空头的许愿塞饱了。你养只鸡都不能这样。

国王　你这种答法我不明白，汉姆莱特；我没有说过这样的话。

汉姆莱特　没有，反正现在也不是我说的。（对波劳涅士）我的大人，听说你在大学里的时候也演过一次戏？

波劳涅士　是啊，我的大人，而且还是个不错的演员呢。

汉姆莱特　你演的什么角色？

波劳涅士　我演的是尤利斯恺撒：我在议事厅里被人谋害了；是布鲁特斯杀我的。

汉姆莱特　他真有点野蛮，竟然在那里杀掉这么大的一条笨牛。演员们都准备好了吗？

罗森克兰兹　是，我的大人；他们正在等你吩咐呢。

王后　你过来，我亲爱的汉姆莱特，坐在我身边。

汉姆莱特　不，好妈妈；这边的吸引力更大些。

波劳涅士　（对国王）嗯，哼！你听见了吗？

汉姆莱特	小姐,我躺在你的怀里好吗?(卧在欧菲丽婀的脚前)
欧菲丽婀	不要,我的大人。
汉姆莱特	我的意思,把头枕在你的腿上?
欧菲丽婀	好吧,我的大人。
汉姆莱特	你是不是想我的意思是指的那不能说的事?
欧菲丽婀	我没有想什么,我的大人。
汉姆莱特	想想睡在女人家的身上倒也不错呢。
欧菲丽婀	什么,我的大人?
汉姆莱特	没有什么。
欧菲丽婀	你今天很开心,我的大人。
汉姆莱特	谁,我吗?
欧菲丽婀	是啊,我的大人。
汉姆莱特	啊,我的天,你真是唯一会开玩笑的人。一个人除了开心之外,还能干什么别的事?因为,你看,我的妈妈多么开心,而我的爸爸死了才不过两个钟头。
欧菲丽婀	不,已经有四个月了,我的大人。
汉姆莱特	那许多时候啦?好吧,叫魔鬼去穿黑戴孝吧,我可要去穿一件貂袍了。我的天!死掉都两个月了,还没有忘掉?那样,大人物就有希望了,他们的大名可以在死后半年之久还有人记得:但是,圣母在上,他还是该造一座礼拜堂才行,若不然,他是有要被人

第二场 宫里的一间大厅

家遗忘的危险,同系在身上的假马一样,它的说明就是,"因为,啊,因为,啊,假马用完就丢开了"。

〔一阵木笛。哑剧上场。

一个国王同一个王后同上,很亲昵的模样;王后搂抱国王,国王也把她拥在怀里。她跪下,向他表示坚决的样子。他扶她起来,把头偎在她的肩上,他卧在一片花地上;她看见他睡熟之后,轻轻走开。这时进来一个人,摘下他的王冠,吻王冠,把毒药倒在国王的耳朵里,下场。王后又上;发现国王已经死了,做悲痛状。下毒的人,同其他两三个哑演员,又上场,也装出陪她悲恸的样子。尸体抬下去。下毒的人拿出礼物来向王后求婚:她起初装出不情愿的样子,推辞了一会,但是终于接受了他的求婚。

〔同下。

欧菲丽娅 这是什么意思,我的大人?

汉姆莱特 是啊,这叫作阴谋陷害;这叫作恶作剧。

欧菲丽娅 也许这个哑剧是表示正戏的主题的。

〔念开场白的人上。

汉姆莱特 这个人会告诉我们的:演戏的人不会保守秘密;他们迟早都会说出来的。

欧菲丽娅 他会告诉我们这个戏是什么用意吗?

汉姆莱特	会的,随便什么把戏他都会说的:只要你不要怕羞,表演给他们看,他也就会毫不怕羞地告诉你这是个什么勾当。
欧菲丽娴	你又淘气,你又淘气:我要看戏了。
开场白	为了我们的悲剧,为了我们,我们在这里俯身求你们开恩,求你们耐心地观赏。
汉姆莱特	这是一段开场白,还是戒指上镌的一句格言?
欧菲丽娴	的确是太短了,我的大人。
汉姆莱特	同女人的恩情一样。

〔两演员上。一个扮国王,一个扮王后。

剧中国王	自从恩爱将我俩的心,海门把我们两个人,用最圣洁的山盟海誓,紧紧地结为一体,太阳神的天车已经围绕这海神的无边汪洋与地神的隆起大地足足奔驰过三十周了,而三百六十个月亮也用它摄取得来的清光,围绕着这个世界照过了十二个三十回。
剧中王后	但愿在恩爱结束以前,我们还能够为太阳与月亮的行程数出来这样多的回数!但是,我的心好苦,你近来如此多病,如此抑郁寡欢,同你从前这个人大不相同,叫我真是替你担心。但是,我虽然担心,我的大人,你却绝对不该因此就有所不安:因为女人家的顾虑同爱情总是一起消长;不是一无所有,便是走向极端。至于我的爱有多少,事实早已证明,正因为我爱你深重,我的顾虑才同样的深:恩爱越重,最小的怀疑都变成了焦忧;小的焦

第二场 宫里的一问大厅

忧增大之后,伟大的爱就油然而生。

剧中国王 我说,心爱的,我必将离开你,而且即在不久;我的生命的活力行将失去它们的功能:而你就将一个人生存在这美丽的人间,受人尊敬与亲爱;而且也许,你还要有一位同样恩爱的夫君——

剧中王后 啊,不要说下去了!有那种恩爱就等于在我的胸中出现了叛徒:我如侍奉二夫,就叫我万劫不复!哪一个若是再嫁,她就一定谋害过亲夫。

汉姆莱特 (旁白)好苦,好苦。

剧中王后 想要第二次结婚的动机,乃是下贱的贪财的心理,而不是为了爱情:当那第二个丈夫在床上同我接吻的时候,我等于把我的前夫再一次害死。

剧中国王 我完全相信你说的都是你心里的话;但是我们却常常破坏我们自己所决定的事。所谓念头只是记忆的奴才,它因冲动而生,根底却虚软得可怜:色像未熟的果子,现在高挂在枝柯,但是等到熟透,不用摇憾,也自然坠落。最常见的事乃是我们自己忘记实行我们自己许下的心愿:在感情冲动的时候我们打算干的,等到热情过了,想干的也就忘了。无论是悲伤还是欢喜,发挥到极端,都是一面发泄一面就毁减了自己:欢乐到了尽头,就要变成悲哀;喜变悲,悲变喜,关键就在于小小的意外。这世界既不是永恒不变,我们的恩爱随着世态的炎凉移转也就不足为奇。因为

第二场 宫里的一间大厅

这个问题还留待着我们解决，究竟是爱情改变时运，还是时运改变爱情，大人物垮台，你就看见他的党羽鸟兽四散；穷人得意的时候，仇人都变成了朋友：迄今为止，还都是恩爱随着时运转移；因为不感缺乏的人就永远不缺少朋友，而贫困的人在向一个虚伪的朋友求助的时候，他马上就变成了他的仇人。但是，把我开头说的话再总说一遍，我们的打算同时运是如此地背道而驰，我们的打算永远没有办法实现；我们的想法是自己的，但是结果却无从掌握：现在你以为你自己绝不嫁二夫，但是等你的第一个丈夫死了，那想法也就完了。

剧中王后 叫土地不给我粮食，苍天不给我光亮！叫我在白天得不到欢欣，晚上得不到睡眠！把我的安慰同希望全都变成绝望！叫我的天地就局限于牢监的凄凉所在！凡是我所恳切希望成功的事，都叫它变成为欢颜碰上了就满脸青白的败丧的反面！如果我一旦做了寡妇，再行嫁人，便叫这噩运今后永远跟着我无休止地挣扎！

汉姆莱特 她背了誓可怎么办！

剧中国王 这誓起得好重。亲爱的，离开我一会；我的精神有些困倦，我很想睡一下，来打发这倦人的日子。（入睡）

剧中王后 睡眠轻抚你的脑；在我们俩之间，永远不要遭逢灾难！
〔下。

汉姆莱特 夫人，你觉得这出戏怎么样？

王后	我觉得,那个女人说得太坚决了。
汉姆莱特	嗯,不过她说了就算数的。
国王	你听见过全部剧情吗?有没有不敬的地方?
汉姆莱特	没有,没有,他们不过是演着玩的,下毒药也是假的;一点也没有不敬的地方。
国王	这出戏叫什么名字?
汉姆莱特	叫《老鼠笼》。是的,怎么回事?譬喻的说法。这出戏演的是维也纳地方的一件谋杀案:公爵的名字叫龚查果;他的妻子叫巴普蒂斯达:你马上就看到了;这是一出表演坏人的戏:不过那又有什么关系?你王上同我们这些没有干过亏心事的人们看看也不会放在心上:有鬼胎的人自然会受不了,我们反正是干干净净的。

〔陆西阿诺斯上。

这个人叫陆西阿诺斯,是国王的侄儿。

欧菲丽娴	你简直同说剧情的人一样负责,我的大人。
汉姆莱特	只要我看见傀儡戏里的调情,我都能说得出你同你情人之间的心情。
欧菲丽娴	你又调皮,我的大人,你又调皮了。
汉姆莱特	叫我不调皮,就得叫你痛一阵才行。
欧菲丽娴	越说越不像话了。

汉姆莱特	嫁了丈夫总免不了这个。来吧,杀人的凶手;该死的,放下你那该死的嘴脸,动手吧。来:破嗓子的乌鸦都在叫着要报仇了。
陆西阿诺斯	心眼漆黑,手脚灵活,药性猛烈,时机正好;一切都是鬼使神差,没有人看见;你恶毒的猛药,采自夜半的野草,用过赫刻特的电火三遍,三次加毒,你天然的魔力同阴惨可怕的本质,马上给我攫住活泼的生命。(把毒药倒在睡眠者的耳朵里。)
汉姆莱特	他在花园里把他毒害了,是为了谋他的产业。他的名字叫龚查果:这个故事至今还在流传,是用头等漂亮的意大利文记下来的。你接下去就可以看见这个凶手怎样又把龚查果的妻子弄到了手。
欧菲丽婀	国王站起来了。
汉姆莱特	怎么,被空枪吓跑了!
王后	我的王上,你怎么了?
波劳涅士	把戏停了。
国王	给我点亮,走!
波劳涅士	火把,火把,火把!
	〔除汉姆莱特及赫拉修外,均下。
汉姆莱特	好啊,叫受伤的鹿去哭吧,没有伤的就高兴地玩吧;因为有些人能熟睡,有些就得失眠啊:世界上的事本就是这样的啊。你看我这一手,先生,再加上一撮羽毛——如果从此我的时运就变得不

	济——在我的软鞋上再来两朵普劳凡斯的玫瑰,我是不是也可以在名伶当中占一席之地,先生?
赫拉修	半份。
汉姆莱特	一个整份,我啊。因为你得知道,啊亲爱的达蒙,这一片被剥了尊严的王土,本来是约芙大神的地方;而现在统治者却是一个,一个王八蛋啊。
赫拉修	你的诗连韵都没有了。
汉姆莱特	啊,好赫拉修,那个鬼的话简直能值一千镑。你看见了没有?
赫拉修	很清楚,我的大人。
汉姆莱特	当谈到下毒的时候?
赫拉修	我一直全神贯注地看着他。
汉姆莱特	啊,哈!来啊,来点音乐!来,吹笛子的。因为如果国王不喜欢看喜剧,那么,也许,他就是不喜欢了,上帝。来啊,来点音乐听听!

〔罗森克兰兹及基尔敦司登同上。

基尔敦司登	我的好大人,请允许我同你说一句话。
汉姆莱特	大人,讲一本历史都行。
基尔敦司登	王上,大人——
汉姆莱特	唉,大人,他怎么的了?
基尔敦司登	他回到内宫之后大发雷霆。

第二场　宫里的一间大厅

汉姆莱特　　喝醉了吗,大人?
基尔敦司登　不是,我的大人,是气的。
汉姆莱特　　你把这件事告诉给他的医生,会显得你的聪明更要丰富些;因为,叫我去使他清醒过来,也许只有叫他的气更大的。
基尔敦司登　我的好大人,请你把你所说的话稍微限制一下,不要东拉西扯地专谈我题外的话。
汉姆莱特　　我无不遵命,大人:你吩咐吧。
基尔敦司登　你的母亲,王后大人,在精神极为苦恼之中,特地差我来见你。
汉姆莱特　　不胜欢迎之至。
基尔敦司登　不是这样,我的好大人,这种客套有点不大对题。如果你准备好好地回答我,我就说出你母亲叫我说的话来:不然的话,就只好请你原谅,我也就只好回去复命了。
汉姆莱特　　大人,我不能。
基尔敦司登　什么,我的大人?
汉姆莱特　　给你一个好好的回答;我的脑筋有病:不过,大人,凡是我能够回答的,你都可以吩咐;或是,照你说的,我的母亲。所以,不必再多说了,言归正传吧:我的母亲,你说——
罗森克兰兹　那么她是这样说的;你的行为叫她极为惊讶和不懂。
汉姆莱特　　啊!了不起的儿子,竟能够叫他的妈妈如此惊讶!不过在她不懂的后面就没有下文了吗?说吧。

罗森克兰兹	她想在你睡觉之前,同你在她的寝室里说几句话。
汉姆莱特	我一定遵命,即使她做了我十次的妈妈。你同我还有什么别的买卖吗?
罗森克兰兹	我的大人,你从前曾经待我很不错的。
汉姆莱特	现在还是这样,凭着这些扒手同小偷起誓。
罗森克兰兹	我的好大人,你到底是为了什么害病的?如果你有什么忧心的事都不肯告诉给你的朋友,你真是在故意打算牺牲你的自由呢。
汉姆莱特	大人,我没有升官。
罗森克兰兹	那怎么会可能,国王自己都亲口说要你承继丹麦的王位?
汉姆莱特	是啊,大人,但是"当芜草丛生的时候"——这句格言都臭了。〔演员数人拿笛子上。 啊,笛子来了!拿一个给我看看。过来跟你讲一句话:——你为什么忙来忙去地要想治我的病,好像你们打算逼我落网似的?
基尔敦司登	啊,我的大人,如果我的工作有过于斗胆的地方,乃是因为我的友爱是太不顾小节了。
汉姆莱特	我不大明白这句话。你来把这笛子吹一下好吗?
基尔敦司登	我的大人,我不会。
汉姆莱特	吹吹吧。
基尔敦司登	真的,我不会。
汉姆莱特	无论如何也吹一下。

第二场　宫里的一间大厅

基尔敦司登　我一点也不会吹它,我的大人。

汉姆莱特　这个事跟撒谎一样容易:你用手指头揿住这几个出气孔,然后用嘴吹,它就会发生极动听的音乐来。你看,这就是气孔。

基尔敦司登　不过我是没有法子叫它发出什么和谐的声音来的;我没有学过玩弄这种玩意的本事。

汉姆莱特　那么,你俩现在听好,你们是把我当作一个什么无用的东西!你们打算玩弄我;你们好像知道我的出气孔似的;你们打算侦探出来我心里的秘密;你们打算从我的最低音吹到我的最高音:在这一个小小的管子里就有不少妙乐,极好听的声音;可是你们却无法使它说话。老天爷,你们可是以为我比这笛子还容易摆弄吗?你们随便把我叫作个什么家伙吧,你们虽然能够叫我感觉到讨厌,但是你们可不能玩弄我。

〔波劳涅士又上。

上帝保佑你,大人!

波劳涅士　我的大人,王后要同你谈话,马上。

汉姆莱特　你看见那块云彩了吗,就要变成个骆驼了?

波劳涅士　老天爷,果真像个骆驼。

汉姆莱特　我看倒像个鼬鼠。

波劳涅士　后背果然像个鼬鼠。

汉姆莱特　还是像个鲸鱼?

汉姆莱特

第二场 宫里的一间大厅

波劳涅士　真像个鲸鱼。

汉姆莱特　我过一会儿就到我母亲那里去。他们简直愚弄我到了顶点。我过一会就来。

波劳涅士　我先去回报。

〔波劳涅士下。

汉姆莱特　"过一会儿"说说是容易的。请你们走吧,朋友们。

〔除汉姆莱特外均下。

现在正是半夜里妖巫施展法术的时候,墓地的坟穴都张大了口,地狱也在向这人间溃吐着阴毒:现在我都能够喝人血,干那种残忍无情的勾当,叫白天看见了都要发抖。慢些!现在是到我母亲那儿去。我的心哪,不要迷失你的天性;绝不容许尼罗暴君的那种良心侵害了这坚定的意志:我要冷酷无情,但却是不能毁灭人性:我的话要句句赛似钢刀,真的却不能使用;就叫我的言语与真心在这件事上虚伪一下吧;不论我用言语把她责备到个什么程度,但是,我的心哪,你答应,却万不许有差错!

〔下。

第三场　宫里的一间房子

〔国王,罗森克兰兹及基尔敦司登同上。

国王　我不喜欢他,而且叫他的疯癫放任自流,对我的安全也很不妥当。所以你们就去准备。我立刻就差遣你们去执行一件任务,他将随同你们到英格兰去:根据我这国家的情况,绝对不能容忍由于他的疯癫而时时刻刻在我的身边滋长的这种危险。

基尔敦司登　我们就去准备:为了使那无数无尽的依赖你王上生存与衣食的人们安全起见,这种顾虑乃是最纯正而且合乎天意的。

罗森克兰兹　任何一个人的生命都需要用他心思的全部力量与防备,来保护

它不受侵扰;但是对于那无数人的生命都依靠他的幸福为生的人,就更该如此了。做国王的死了,并不是一个人的死,而是同深坑下陷似的把周围的事物全带下去了:它是一个巨轮,被安放在崇高的山岭的顶点,在它那巨大的轮轴上面装置与连系着成千上万的小零件;这个大轮子,当它滚下来时,每一个小物件,细小的无足轻重的事物,都陪葬着那轰轰的崩溃。没有一次,国王叹一口气,不跟着一大片叹息。

国王　我请你们,立刻去准备这匆促的旅行,因为我一定要给这种威胁加上一副枷锁,它现在是太放纵自由了。

罗森克兰兹及基尔敦司登　我们一定快办。

〔罗森克兰兹及基尔敦司登同下。波劳涅士上。

波劳涅士　我的大人,他正在到他母亲的房里去:我要去躲在那厚幕的背后探听他们的谈话;我担保她一定能逼问出他的真象;同时,似你说过的,说的真是有学问,应该在他的母亲之外,再有一个人偷听他们的交谈,因为母子的天性自然会有些自私。再会吧,我的大人:在你上床以前我再来看你,报告你我所知道的一切。

国王　谢谢你,我亲爱的大人。

〔波劳涅士下。

唉,我罪孽的臭气四溢,而且上冲云霄;我犯下了开天辟地以来最老的罪——谋害亲兄。祷告,我不能,虽然我的要求同决心一

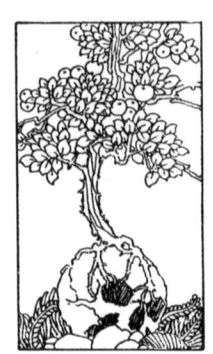

样迫切:我的决心虽大但是罪恶却是更深;就像一个人动手做两件事似的,我站着迟疑,不知道从哪里下手,而把两件全误了。如果在慈悲的天上竟没有足够的甘霖,可以把这厚粘着亲兄的鲜血的万恶的手洗得雪白,那又怎么办?若不是为了面对犯罪的行为,怜悯又有什么益处?除了这两种力量,祷告又有什么力量,一种是在堕落之前预先祈求恩免,另一种是在堕落之后求天饶恕?这样我就向天仰望吧;我的犯罪是过去的事。但是,唉,哪一种祷告才能够帮我忙呢?"饶恕我的血腥谋杀吗?"那个没有用,我既然还保留着因谋杀而得来的果实,我的王位,我自己的野心同我的王后,一个保留着犯罪的果实的人还能得到饶恕吗?在这世界的朽腐的潮流里,镀了金的罪恶的手可以把天理推在一旁,而且我们时常看见那万恶的财富收买了法律;但是在天上却不如此;在那里没有蒙混,在那里无论什么行为都是赤裸裸的,而我们自己就要被逼迫,为了我们所犯过的罪恶老老实实地亲自作证。那又怎样?还有什么?还是尽力设法忏悔吧:有什么不可能的呢?但是一个人连忏悔都不可能又怎么办呢?唉,可怜透顶的地步!唉,心里黑得同死亡一样!唉,胶粘的灵魂啊,你越是挣扎,企图解脱,你越是粘得紧啊!救命啊,天使!试试看!跪下来,倔强的膝盖,还有,牵满了钢丝的心,你要同刚生下来的婴儿的筋骨一样柔软才行!一切也许都会变好的。

第三场 宫里的一间房子

〔退后,跪下。汉姆莱特上。

汉姆莱特 现在我可以马上行事,现在他正在祷告;现在我就下手:这样他就升了天堂,这样我的仇就报了。这个要仔细算一算:一个混蛋杀了我的父亲;为了这个,我,他唯一的儿子,就把这个混蛋送到天堂上去。哼,这是花钱雇人干的事,不是报仇,他肮脏卑鄙地要了我爸爸的命,一肚子荤腥,正当他的罪恶旺盛,似五月的鲜花一般丰满;他到天上算个什么账,除了老天谁知道?不过在我的揣测与推想之中,这一份担子对于他一定不轻:现在我若是在他正在清洗他的灵魂,当他正在准备妥当正好可以升天的时候杀了他,我也能算报了仇吗?不能。收起来吧,钢刀,你去找一个更可怕的机会吧;当他酩酊大醉昏沉入睡的时候,或是当他狂怒;或是当他在床上宣淫作乐的时候;当他正在赌博,满口脏话,或是当他正要干一种一点也没有可能得救的勾当的时候;在那时干掉他,叫他的两脚朝天,叫他的灵魂同它要去的地狱一样乌黑,一样的万劫不复。我的母亲还等在内室:这次饶了你只不过延长你的几个倒霉的日子。

〔下。

国王 (起立)我的言语已经升天,我的思想还在地上:没有思想的言语永远不能上达天堂。

〔下。

第四场　王后的寝室里

〔王后及波劳涅士同上。

波劳涅士　他立刻就来了。你记住逼着问他：告诉他说他的胡闹太不像样子，说你大人一再庇护他，不知道替他受了多少埋怨。我就躲在这里。我请你，同他坦白地谈。

汉姆莱特　（幕后）妈妈，妈妈，妈妈！

王后　我向你保证；你放心，快藏起来，我听见他来了。

〔波劳涅士躲在幔帐后面。汉姆莱特上。

汉姆莱特　我说，妈妈，有什么事？

王后　　　汉姆莱特,你太得罪你的爸爸了。

汉姆莱特　妈妈,你太得罪我的爸爸了。

王后　　　你来,你来,你答话的嘴太放肆了。

汉姆莱特　去吧,去吧,你问话的嘴也太毒辣了。

王后　　　怎么,怎么回事,汉姆莱特!

汉姆莱特　你说怎么回事?

王后　　　你不认识我吗?

汉姆莱特　没有,凭十字架,绝没有;你是王后,你丈夫的兄弟的老婆;而且——但愿不是这样——你还是我的妈妈。

王后　　　用不着谈了,我还是找个会说话的人来对你讲。

汉姆莱特　来,来,你给我坐下;你不许动;你不许走,等我给你举起一面镜子来叫你看看你的心脏内腑。

王后　　　你要干什么?你是不是要谋害我?救命,救命,啊!

波劳涅士　(幕后)不得了啦!救命,救命,救命!

汉姆莱特　(拔剑)怎么回事!有老鼠?送掉你的狗命,一钱不值的,该死的!

〔向幔帐直刺进去。

波劳涅士　(幕后)啊呀,要了我的命啦!

〔倒地。死去。

王后　　　我的天,你干了什么事?

第四场 王后的寝室里

汉姆莱特　嗯,我不知道;是国王吗?

王后　啊,这是件多么残忍同血腥的事!

汉姆莱特　血腥的事!好妈妈,像杀了一位国王,再嫁给他的兄弟差不多一样坏的事呢。

王后　像杀了一位国王!

汉姆莱特　是啊,夫人,是我说的。(撩起幔帐,看见是波劳涅士)你这倒霉的,鲁莽的,好管闲事的蠢人,再见吧!我还以为是你的上司呢:你就认命吧;你现在总该知道了无事瞎忙也是危险的。不用一个劲儿地搓你的手,不要说话!你坐下,还是让我来搓你的心吧;我就要这样做,只要它还是一种有感受能力的东西做的;只要那该死的习惯还没有把它变硬,还没有把它变得毫不受官感的影响。

王后　我究竟干过什么事,你竟敢如此叫嚣,对我如此粗鲁无礼地大放厥词?

汉姆莱特　这件事都能把美丽变成污黑,叫纯洁蒙羞,把德行叫作假冒为善,从天真的恩爱的前额上摘下一朵娇艳的玫瑰,安上一个毒瘤;把婚姻的誓语变得同赌徒的咒语一般虚伪:唉,这件事就像是从婚姻的行为里取出了它的精髓,把可亲可爱的宗教变成了一大串狂想的呓语:青天的颜面会发烧;是啊,这一个坚定与结实的大地,都会蹙起痛苦的面容,似乎到了天地末日,想到这件事就作呕。

王后 我的天,到底是什么事,说个题目就这样轰轰隆隆地同打雷一样?

汉姆莱特 你看这里,这张小照,再看这个,这是两个兄弟的一对画像。你看在这一个容颜上表现着多少美仪;希波隆的卷发,简直是太阳神的像貌,他的眼同战神一样,威风凛凛;那一表人才同传信之神穆克利似的,刚刚降落在上吻着青天的山顶,这才是一种匀称,一种身架,好像是天上的每一位大神都已经同意给这世界上一个人类当中的典型:这是你从前的丈夫。你再看,这是什么:这是你现在的男人;像是一根有病的麦穗,毒害着他健康的哥哥。你有眼睛吗?你怎会离开这一片美好的山坡上的牧场,而到这卑湿的沼地上来把你自己养肥呢?哈!你有眼睛吗?你不能说这是为了爱,因为到了你这种年纪,热情的高潮已经衰退,它早已经低微,已经听从理性的支配:而从这个跨到了那个又是种什么理性呢?知觉你一定是有的,若不然你就不可能行动;但是这个知觉一定是麻痹透顶:因为疯狂也不能错到这种程度,知觉不论荒唐到了什么狂妄的境界,也不会在这样显而易见的差别之间保留一些鉴别的能力。究竟是一个什么样的魔鬼,在这一种瞎摸乱碰的把戏里把你迷住?有眼睛而没有感觉,有感觉而没有眼力,有耳朵却没有手或眼睛,闻都闻不到一点味儿,若

第四场 王后的寝室里

不然,只要有一种官觉,甚至害一点病,都不会错乱到这个地步。啊,真不害羞!你的羞耻在哪里?叛逆的地狱啊,如果你能在老太婆的干骨头里搅起狂热的欲焰,真是该在年轻人的热情里把德行变成蜡,在她自己的欲火里熔化吧:既然冰冷的寒霜都会熊熊地烧起,理性都会把意志变成乌龟,那么在令人难挨的欲火一发难收的时候,你也就不必说它可耻了。

王后 啊,汉姆莱特,不要再说了:你叫我简直看透了我的魂灵,在那里我看见了斑斑的污黑的点子,它的颜色无论如何也褪不掉了。

汉姆莱特 不行,你还住在一张油垢的床榻的恶臭扑鼻的汗臭当中,浸透了腐烂,靠身在肮脏无比的猪圈上,谈情说爱,卖弄风骚——

王后 啊,不要再向我说了;这些话像是一把接一把的矿刀戳进我的耳朵;不要说了,亲爱的汉姆莱特!

汉姆莱特 一个凶手,一个混蛋!这一个奴才,还赶不上你前夫的十分之一的二十分之一;是国王当中的小丑;是一个盗窃帝国同王权的扒手,从架子上偷去那无价的宝冠,乘人不备就放在口袋里!

王后 不要再说了!

汉姆莱特 一个鹑衣百结,褴褛不堪的破国王——

〔阴魂上。

上帝啊,你天上的保卫者,请张开你们的羽翼在我的头上飞翔吧!你威武的人物有什么盼咐?

王后　　　啊呀,他疯了!

汉姆莱特　你可是特地来责备你这疲塌无用的儿子,他一个劲地浪费着时间与热情,放松了执行你严峻的命令,那个重要的任务?啊,你说!

阴魂　　　不要忘记:这一次来看你只不过是来磨砺你行将钝笨的意志。但是,你看,惊慌正笼罩着你的母亲,啊,你去到她与她斗争的灵魂之间排解一下:在最柔弱的人们身上,想象的作用最大。你去跟她谈谈,汉姆莱特。

汉姆莱特　你怎么样了,夫人?

王后　　　吓死我了,你是怎么回事,你睁大着眼睛望着空虚,同那空洞无物的空气说个不停?你的魂灵好像脱壳而出,你的目光张狂顾望。而且,像熟睡的兵士们从梦中惊醒,你本来躺着的头发,忽然像有生命滋长,一根根都立起来了。啊,我最亲爱的儿子,请在你心神失常的狂热与火焰上面浇下阴凉的忍耐吧。你看什么?

汉姆莱特　看他,看他!你看他的眼光多么凄惨!把他的情况同痛苦结合在一起,对顽石控诉,顽石都会深表同情。你不要再望我,唯恐你用这种令人怜悯的行为改变了我严峻的决心:那样,我所必须执行的就会缺乏真实的特色;也许用眼泪代替了鲜血。

王后　　　你跟谁讲这些话?

第四场　王后的寝室里

汉姆莱特	你在那儿没有看见什么？
王后	什么也没有；但是我什么都看得清清楚楚的。
汉姆莱特	你也没有听见什么？
王后	没有，就是我们的谈话。
汉姆莱特	怎么，你往那儿看！看，他多么轻轻地走开了！我的父亲，就穿着他生前的服装！你看，他在走，就是现在，走出门去了！

〔阴魂下。

王后　这全是你头脑的凭空捏造：对于这种无凭无据的虚构，狂想正是非常高明。

汉姆莱特　狂想！我的脉搏，同你的一样，有着匀和的节奏，发出一样健康的声音：我刚才所说的并不是疯狂。你领我去做一次试验，我可以把一切的话重说一遍，而疯狂却要混杂错乱。母亲，为了爱好羞耻，不要在你的心灵涂抹那动听的膏油，以为不是你的错误而是我的疯狂在发言：那样只会在生疮的地方长一层皮，盖一层膜，而同时狷獗放肆的腐烂，毁败着里面的一切，却在暗中溃烂。你自己向苍天忏悔吧；痛悔已往的一切，避免那未来的，不要在莠草上再施撒肥料，叫它们长得更加茂盛。请原谅我的这种好心，因为在这种倒霉时代的痴肥庸俗当中，好心还不得不向罪恶请求原谅，是啊，躬身到地来请求准许对它做点好事。

123

王后	啊,汉姆莱特,你简直都把我的心劈成了两半。
汉姆莱特	好啊,把那坏的一半扔掉,留下另一半去过一种更干净的日子吧。晚安了:但是你不要到我叔叔床上去;即使你没有,你也该装点有道德的模样。习惯那个怪物,本是人性的魔鬼,侵吞着一切感觉,但是对于这件事却还是个天使:就是它对于美好与善良的行为,它也一样照顾,同样地给它一件外衣或是一袭袍罩,穿起来一样衬身。今天晚上克制一下,对于下一次的节制也就能产生一种容易的感觉;再下一次就更容易;因为习惯差不多都可以改变天性的烙印,甚至可以控制魔鬼,或是用惊人的力量把它摔出去。再一次,晚安了:等你什么时候渴望祝福的时候,我再来求你祝福。至于这位大人,(指着波劳涅士)我真后悔:但是天意既然如此,用这个来刑罚我,用我来刑罚他,我也就只好做它的行刑的工具了。我先去处理他,而且我定当为我的杀他甘受处分。这样,再一次,晚安了。为了与人为善,我必须残忍毫无保留:坏的事这样开端,更坏的还在后头。最后一句话,好夫人。
王后	叫我怎么呢?
汉姆莱特	无论如何,绝不要干这个,我吩咐你:绝不要让那昏醉的国王引诱你到他的床上;淫邪地捏一下你的脸,叫你一声小宝贝;就让他,为了一两个肮脏油腻的亲嘴,或是用他万劫不复的手指头

第四场 王后的寝室里

摩摩你的脖子,就叫你把这一切真像全都泄露,说我基本上并没有疯,只不过是装疯。其实就让他知道也没有什么:因为除了一位王后,美丽、清醒又聪明,谁又能把如此重要的事,瞒住一个癞蛤蟆、臭蝙蝠、野雄猫?谁又能这样做?不能,虽然有常识,知道应该保守秘密,也还是到屋顶上去打开篮子的盖,把鸟都放了吧,像那著名的猴子似的,为了证明几个结论就在篮子里头爬,把你自己的颈骨摔断吧。

王后 你尽管放心,假使言语是由于呼吸形成的,呼吸是由于生命,我再也没有那种生命敢说出你对我说过的话。

汉姆莱特 我一定要去英格兰了;你知道吗?

王后 啊呀,我倒忘了:是这样谈妥的。

汉姆莱特 还有些密封的书信:由我的两位同学,我信任他们会同信任有牙的毒蛇一样,担任送信的差使;他们一定要替我打扫道路,叫我去当傻瓜。叫他去干吧;叫钻地道的被他自己埋的炸药轰到半天空,倒也是件好玩的事:这事倒也不易对付,不过我一定要钻得比他更深一码,把他们炸到月亮上去;哼,看两个名手针锋相对地钩心斗角倒也是真过瘾。这个人要害我去打铺盖了:我且把这个臭尸首拖到隔邻房间去。母亲,晚安了。真的,这位大臣现在才是真的最安静、最能保密、最为庄严可爱,而在他活着的时候却是个饶舌讨厌的大蠢材。来吧,先生,同你一起走向一个归宿吧。晚安了,母亲。

〔先后下;汉姆莱特拖着波劳涅士。

第四幕

第一场　城堡里的一室

〔国王,王后,罗森克兰兹及基尔敦司登同上。

国王　在这些叹息,这些深深的叹息里定有缘故:你一定要说说,我应该了解它们。你的儿子在哪里?

王后　请离开我们一会儿,给我们些方便。

〔罗森克兰兹及基尔敦司登同下。

啊,我亲爱的丈夫,今天晚上可吓死我了!

国王　什么事,葛特鲁德?汉姆莱特怎么了?

王后　疯得同怒海与狂风一般,它们拼死搏斗都要抢着占上风:在他无法无天的一阵子当中,听见了幔帐后面有一点动静,他就抽出了钢刀,喊道:"老鼠,老鼠!"就在这一种无名虚构的紧张状态中杀死了那躲着的善良的老头子。

国王　啊,好狠心的事!假使我在那里,我也定会遭到他的毒手:他的放肆简直对于所有的人都充满了危机,对于你,你本人,对于我,对于每一个人。啊呀,这一件杀人的事可该怎么办?这责任一定会落在我的身上,我的预见本来应该把这发疯的年青人监禁起来,加以管束,不令他近人:但是我太溺爱了他,我竟没有考虑接受最妥当的办法,而只是,像一个身患恶疾的人,为了不让它暴露,竟让它毒害了生命的精髓。他到哪儿去了?

王后　正把他杀害的尸首拖着走了:对于这件事,他虽然疯癫,却像是掺杂在一堆下等金属里的纯金似的闪烁着亮光;他为了这件事掉下了泪。

国王　唉,葛特鲁德,你来!不等那阳光照上山峰,我就要把他送到船上运走:这一件犯罪的事,我定当,使用我的一切威权与办法,为他掩饰过去。喂,基尔敦司登!

〔罗森克兰兹及基尔敦司登又上。

两位朋友,你们去再找几个助手:汉姆莱特在发疯的时候杀死了波劳涅士,而且已经把他从他母亲的寝室里拖到别处去了,你们去把他找出来;好好地说,然后把尸首抬到礼拜堂里去。我请

第一场 城堡里的一室

你们,赶快去做。

〔罗森克兰兹及基尔敦司登同下。

来吧,葛特鲁德,我们去召集我们最有见识的朋友;告诉他们知道,我打算干些什么事,而且什么事已经不幸地发生……人们的流言在这世界的各处流传,就像是大炮瞄准了红心,发射着它那杀人的炮弹,但愿它不要射中我的名字,而射中那不可能受伤的空间:啊,你来!我的灵魂里充满了嘈杂与悲哀。

〔下。

第二场　宫里另一室

〔汉姆莱特上。

汉姆莱特　藏好啦!

罗森克兰兹及基尔敦司登　汉姆莱特!汉姆莱特大人!

汉姆莱特　慢点,什么声音?谁在叫汉姆莱特?啊,他们来了。

〔罗森克兰兹及基尔敦司登上。

罗森克兰兹　我的大人,你把尸首怎么处理了?

汉姆莱特　拌和在土里了,它们本来是一家。

罗森克兰兹　告诉我们放在哪里,我们好去把它拿来,送到礼拜堂里去。

第二场　宫里另一室

汉姆莱特	你们不要信它。
罗森克兰兹	信什么？
汉姆莱特	认为我会听从你们的意见，而不听我自己的。而且，叫一个混饭的人来问我！叫一个国王的儿子怎样回答呢？
罗森克兰兹	你拿我当一个混饭的人吗，我的大人？
汉姆莱特	是啊，先生；混到了国王的恩宠，他的赏赐，他的威势。但是这种小官僚侍候国王的本领还是到最后对国王最有用处：他养活这一批人，同猴子似的，把吃的东西先含在嘴巴边上；最先放在嘴里，可是留在最后吃：当他需要你们所捡到什么的时候，他只要把你们拎起来抖落一下，混饭的啊，你们的口袋就又空了。
罗森克兰兹	我不懂你的意思，我的大人。
汉姆莱特	好得很：老实话傻子是听不懂的。
罗森克兰兹	我的大人，你一定要告诉我们尸首在哪里，而且还要跟我们去见国王。
汉姆莱特	尸首同国王在一起，但是国王却不同尸首在一起。国王这个东西——
基尔敦司登	东西，我的国王？
汉姆莱特	什么都不是的东西：领我去见他。狐狸你藏起来。大家去追吧。〔同下。

第三场　宫里的另一室里

〔国王上,侍从数人。

国王　我已经打发人去找他,而且去找那尸首。叫这个人任意横行真是好不危险!不过我却不能用严厉的法律来制裁他:那一群糊涂的老百姓都喜欢他,他们的爱憎不凭思想的判断,单凭眼睛;凡是在这种情形之下,人们只看见犯人所受的刑罚,而从来不考虑他的罪有多么大。我一定要故示镇定,一定得叫别人看起来,这样突然派他出国是煞费踌躇:病症既然已经危急,便只有用猛烈的办法才能够救治,不然就毫无用处。

〔罗森克兰兹上。

怎么样！有什么结果吗？

罗森克兰兹 尸首被他藏在哪里，我们无论如何也逼问不出来，我的大人。

国王 那么他现在在哪儿？

罗森克兰兹 在门外，我的大人；有人看住他，等你传唤。

国王 把他带进来。

罗森克兰兹 喂，基尔敦司登！把我们大人带进来。

〔汉姆莱特及基尔敦司登同上。

国王 我问你，汉姆莱特，波劳涅士在哪里？

汉姆莱特 在吃晚饭。

国王 吃晚饭！在哪儿？

汉姆莱特 不是在他吃饭的地方，而是在他被吃的地方：正有一大群精通政治的蛆虫在拼命地吃他。以吃饭而论，你的这种蛆虫才是至高无上的帝王：我们养肥一切其他的生物，其目的是为了养肥我们自己，而我们养肥了自己却为了喂大蛆。你们这种胖国王同你们这种瘦叫化子只不过是同摆在一张桌子上的两道不同的菜罢了：结果就是这个。

国王 可怜，可怜！

汉姆莱特 一个人钓鱼用的虫子也许就吃过一个国王的肉，而他吃的那条鱼也许就吃过那个虫。

第三场　宫里的另一室里

国王　　你说这个是什么意思？
汉姆莱特　没有什么，只不过是告诉你一个做国王的也会到一个叫化子的肚肠里去巡游一番的。
国王　　波劳涅士在哪里？
汉姆莱特　在天上：打发人到那里去找，若是你的使臣在那里找他不到，你就亲自到另外一个地方去找。可是，说实话，你若是在这个月里还找不到他，等你上楼梯到前厅里去的时候，你就要闻到他的气味了。
国王　　快到那儿去找。（对几个侍从说）
汉姆莱特　他会等的，不用忙。
　　　　〔侍从数人同下。
国王　　汉姆莱特，这件事，为了你个人的安全，这个我异常地关切，正像是我深深地惋惜你所干的事一样，我必须火急地叫你离开这里：所以你赶快去预备，船只已经备妥，风向也有心相助，送你的人也在等候，一切事都为了去英格兰。
汉姆莱特　去英格兰？
国王　　是啊，汉姆莱特。
汉姆莱特　好。
国王　　当然是好的，如果你知道我的用意。
汉姆莱特　我遇到一位天使，他说他知道你的用意。不过，来吧；就去英格兰！再见吧，亲爱的妈妈。

国王　还有你亲爱的爸爸呢，汉姆莱特。

汉姆莱特　我的妈妈：爸爸跟妈妈是夫妻；结发夫妻，本是一体，说妈妈就行了。来吧，去英格兰！

〔下。

国王　紧紧地跟在他后面；设法叫他快点上船；不要延迟；我要叫他在今天晚上就离开这里：快去吧！现在可以算是一切都已经准备妥当，所有其他的都靠着这一件：请你们，赶快去吧。

〔罗森克兰兹及基尔敦司登同下。

我说，英格兰王，只要你不轻视我的恩典——既然我伟大的威力能够叫你知道好歹，我丹麦的宝剑到现在还叫你的伤痕红肿未消，而你从心里发出的畏敬还叫你不断纳贡——你就该不敢冷淡地把我的意旨抛在一旁；这个已充分说明，我的信里句句都指着那一个方向，立刻把汉姆莱特处死。照办吧，英格兰王；因为他在我的血里横行无阻像寒热似的，你必须替我治好病：不等到大功告成，有多大喜事，我也是无心欢腾。

〔下。

第三场　宫里的另一室里

第四场　丹麦平原上

〔芳丁布拉斯，一队长及兵士多人，列队同上。

芳丁布拉斯　队长，你去代我向丹麦王致敬；告诉他说他既然已经同意，我芳丁布拉斯，就期待他履行诺言，准许我在他的国境上，安全通过。你知道在哪里同我再见。如果他陛下对我有什么要求，我可以当面去见他表明我的恭敬。把这些话告诉他。

队长　遵令，我的大人。

芳丁布拉斯　悄悄地前进吧。

〔芳丁布拉斯及兵士们同下。汉姆莱特，罗森克兰兹，基尔敦司

第四场　丹麦平原上

登及其他人等同上。

汉姆莱特　请问你先生,这是谁的队伍?
队长　他们是挪威王的,先生。
汉姆莱特　去干什么的,先生,我请问你?
队长　为征讨波兰的一块地方。
汉姆莱特　谁率领着他们,先生?
队长　老挪威王的侄儿,芳丁布拉斯。
汉姆莱特　是去进攻波兰的本土吗,先生,还是什么疆界上的小地方?
队长　说老实话,一点也不夸张,我们是去攻占一小块土地,除了一个地名,毫无一点实利。给我五个"德克特",五个,我都不高兴种它。若是把它拿去出卖,无论挪威还是波兰,都卖不到更多的价钱。
汉姆莱特　那么,波兰人也就绝不会守它了。
队长　不,他们已经在那里设防了。
汉姆莱特　两千条性命,两万个"德克特"都不见得能够解决这草芥一般的问题:这乃是财富太多太平太久的流毒,在里面生了疮,在外面还看不出他是为什么死的。我诚心地谢谢你,先生。
队长　上帝保佑你,先生。
罗森克兰兹　走吗,我的大人?
汉姆莱特　我马上就来。你先走一步。

〔除汉姆莱特外,均下。

怎么一切的环境都在责备着我,刺激着我迟钝的复仇心念!人是个什么东西,若是在他活着的时候主要的长处与价值只是吃饭同睡觉?一个畜生,如此而已。你看,他给了我们这样博大的智力,能够瞻前又能够顾后,他绝不是给我们这种能力与神一样的理智,叫它被搁置不用而发霉。现在,不管它是禽兽似的无知,还是某种懦怯的犹疑,把这件事想得过于仔细——这种想法,分成四份,只有一份是智慧,其他三份全是懦怯——我真不明白我为什么还活着说"要干这件事",既然我有理由,有意志,有力量,又有办法,去干这件事。同这大地一样确实的事在提醒着我:你看这支军队,人数如此众多,军容甚盛,由一位年轻而娇生惯养的王子所率领,他的精神,被神圣的雄心所鼓舞,对那不可知的前途揶揄轻视,把一切属于人间的与未必有保障的完全暴露给命运,即使为了一只蛋壳,都甘冒生命的危险。真正的伟大并不是为了不重要的缘故争吵不休,而是在名誉受到损害时,为了一根草都要大大地吵它一顿。那么我又怎样,我的父亲被人谋害,母亲被人玷污,我的感情与理智全都受了激动,而我却昏睡不醒,而这时,多么可耻,我却亲眼看见足足有两万人马上要死,他们的死却是为了一种空想,一种虚荣,他们把坟墓看成软榻,他们为了一块土地作战,它的大小数目完全不能说明这件事情的利益,而它的面积都不够建造墓地来埋葬所有战死的人们。唉,从今以后,我就不是人,如果我还没有血腥的念头!
〔下。

第五场　埃尔辛诺尔宫中的一室

〔王后,赫拉修及一贵绅同上。

王后　我不想同她谈话。

贵绅　她苦苦地哀求,真是毫无办法:她的情形必须予以同情。

王后　她要干什么?

贵绅　她不住地谈她的父亲,说她听见这世界有许多骗人的事,一面咳,一面捶胸,看见草都忌妒地乱踢;说起话来吞吞吐吐的只有一半的意思可懂:她的话没有意义,但是那种残缺不全的说法,的确也能感动听的人去尽力联想;他们若是努力一下,也能够

第五场　埃尔辛诺尔宫中的一室

按照他们的意思把字句补缀起来；这个，再加上她说的时候的挤眼，点头与手势，也能够使一个人承认其中必有道理，虽然不很明确，但是一定非常悲哀。

赫拉修　最好还是有人跟她谈谈，因为她也许会在不怀善意的人们的心里散布不良的猜疑。

王后　叫她进来吧。

〔贵绅下。

（自语）罪恶的本质就是这样，对我不安的心，一点无关的事都好像预兆着有大祸临头：罪恶如此充满着拙笨的猜疑，越是怕被人泄漏，越是泄漏了自己。

〔贵绅又上，后随欧菲丽娅。

欧菲丽娅　丹麦的美丽的女王在哪里？

王后　你怎样，欧菲丽娅！

欧菲丽娅　（唱）我怎么能从别人那里知道你真心的爱呢？凭着他的乌龟帽子同手杖，还有他的拖鞋。

王后　啊呀，美丽的姑娘，这首歌是什么意思？

欧菲丽娅　你也问？好啊，请你，慢慢地听。（唱）他已经死了完了，夫人哪，他已经死了完了；在他的头上有一丛青草，在他的脚跟有一块石头。

王后　不要，不过，欧菲丽娅——

欧菲丽娅 请你,听。(唱)他尸首上的布同山上的雪一样白——

〔国王上。

王后 啊呀,你看她,我的大人。

欧菲丽娅 (唱)点缀着美丽的鲜花;它被送到坟墓上去,沾润着真情人的泪雨啊。

国王 你怎样了,美丽的姑娘?

欧菲丽娅 好啊,上帝保佑你!人家说猫头鹰是面包师傅的女儿。上帝啊,我们知道自己现在是什么,可是不知道将来是什么。但愿上帝陪着你!

国王 是想她的父亲想疯了。

欧菲丽娅 我请你,不要再谈这件事了;只是在人家问你这是什么意思的时候,你就这样说:(唱)明天是圣梵伦坦的情人节,都在早晨早早地起来,而我这个姑娘要到你的窗口,做你的情人啊。然后他就起来,穿上他的衣裳,打开了寝室的门;他把这姑娘接进去,但是啊,再出来的时候已经不是个姑娘了。

国王 美丽的欧菲丽娅!

欧菲丽娅 是啊,不用骂人,我说完就是了。(唱)凭着耶稣,凭着圣慈悲的神,啊呀,算了吧,说什么廉耻!年轻的人碰到这个一定干的;是他们的错。她就说啦,在你放倒我之前,你答应要娶我的啊。他回答说:凭着那个太阳,我本是那样想的,如果你不是先上我

第五场　埃尔辛诺尔宫中的一室

的床的。

国王　她这样有多久了？

欧菲丽娴　我希望一切都会变好，我们一定要忍耐；但是我没有别的办法，只能哭，想到他们把他埋在冰冷的土里头。我的哥哥一定要知道这件事的；现在我谢谢你们的好意见。来啊，我的马车！晚安了，夫人们；晚安了，亲爱的夫人们；晚安啦，晚安啦。

〔下。

国王　紧跟着她；我请你，好好地看着她。

〔赫拉修下。

唉，这乃是深深忧痛的毒；这完全是起源于她父亲的死。唉，葛特鲁德，葛特鲁德，在悲哀来临的时候，它们不是只身来做侦探的，而是成群结队冲锋的！首先，她的父亲被杀；接着，你的儿子又走了；而他乃是最粗暴地促成他被正当送走的人；而人民却糊涂了，为了善良的波劳涅士的暴卒，满脑子满嘴都是不明白同不健康的想法与传说；我们的做法也欠考虑，偷偷摸摸地就把他埋了；可怜的欧菲丽娴，弄得她的人同她正确的判断力分了家，没有这个，我们都不过是影子，是畜生；最后，同这些都有同样重要的意义，她的哥哥又从法兰西偷偷地回来了，他的不了解正在滋长，疑团正在扩大，同时他又不缺少好事之徒不断地告诉他有关于他父亲暴卒的有毒的流言；而到了紧要关头，缺乏具体内容，就会在众人传闻之中把无稽的事牵强附会在我的身上。啊，我亲爱的葛特鲁德，这个，像是一架火炮，在我身上许多处都打出虽然浮面但却致命的伤来了。

〔幕后一片吵闹声。

王后 啊呀，这是什么声音？

国王 我的瑞士兵在哪里？叫他们去守住大门。

〔另一贵绅上。

出了什么事？

贵绅 上帝保佑，我的大人。漫过了堤岸的汪洋大海，浸吞着平坦原野的汹涌来头，都比不上年轻的莱阿提士，率领着一群暴徒压迫着你官兵的声威。乱民们称他为王，同时，好像这世界从今天才开始似的，忘记了有什么古代，不知道什么叫传统，也不管什么文字法律的内容与意义，他们只是喊，"我们选举；叫莱阿提士做国王！"帽子，所有的手与喊声都高入云天，"叫莱阿提士做国王，莱阿提士做国王！"

王后 他们在这错误的道路上喊得多么高兴！好啊，真是造了反，你们这一群忘恩负义的丹麦狗！

〔幕后喧哗声。

国王 大门撞破了。

〔莱阿提士上，全副武装；丹麦人民后随。

第五场　埃尔辛诺尔宫中的一室

莱阿提士　这个国王在哪儿？先生们，你们都站在外面。
丹麦人民　不，让我们进来。
莱阿提士　我请你们，答应我的要求。
丹麦人民　好吧，好吧。
　　　　　〔退到门外。
莱阿提士　谢谢你们：把住门。啊，你这万恶的国王，把我的父亲还我！
王　后　　有话慢慢讲，好莱阿提士。
莱阿提士　我若是有一滴安静的血，它都会说我是个私生子；说我的爸爸是乌龟；就在这儿，在我纯洁的母亲的贞洁无疵的额头上，烙下一个娼妇的印子。
国　王　　到底是什么缘故，莱阿提士，叫你的这种造反行为显得如此名正言顺？你放开他，葛特鲁德；不要替我担心：做国王的自有神灵庇护，造反的人至多只能张望一下他想干的事，而绝对无法执行他的意志。告诉我，莱阿提士，你为什么发这么大的脾气：你放开他，葛特鲁德。你说啊，小伙子。
莱阿提士　我的爸爸在哪儿？
国　王　　死啦。
王　后　　可不是他害的。
国　王　　你先叫他问完。
莱阿提士　他怎么死的？我可不能让人骗我：什么忠心，活见鬼！起的誓，

汉姆莱特

第五场　埃尔辛诺尔宫中的一室

到最黑暗的地狱去吧！什么良心，什么和美，都滚到最深的深渊里去吧！我向永劫挑战：我就是坚持这一点，什么天堂与地狱我都不管，爱怎样就怎样；我就是要彻底又彻底地替我的父亲报仇。

国王　　　谁又来拦阻你？

莱阿提士　只要我下了决心，全世界都拦不住：至于我的办法，我可以控制得非常巧妙，用一点力气就可以收效无穷。

国王　　　好莱阿提士，如果你打算知道你亲爱的老父在丧命时候的确实情形，你可是在复仇的决意上写下了这个，不管三七二十一，你要不分敌友，不管得失，都要一律把他们杀死？

莱阿提士　除了他的仇人，与别人无涉。

国王　　　那么，你可要知道他的仇人是谁？

莱阿提士　对于他的好朋友，我要这样张开我的两臂，同时，像是那种自我牺牲的塘鹅似的，我要用我的鲜血来将他们供养。

国王　　　好啊，你这样说才像是一个好孩子，像一位真正的上等人。对于你老父的死，我可以说是丝毫无罪，而且还是真的最最悲伤，这一种心迹可以坦坦白白地拿出来由你裁判，同白日照着你的眼睛一样。

丹麦人民　（幕后）放她进去。

莱阿提士　怎么回事？这是什么声音？

〔欧菲丽娅又上。

啊,烈火,你熬干我的脑子吧!浓缩七倍的咸泪,你把我的眼睛烧掉,完全毁掉它的视觉!我的天,你的发疯一定要付重大的代价,叫那天平压得不能翻身。唉,五月的鲜花!亲爱的姑娘,温柔的妹妹,美丽的欧菲丽娅!啊,苍天哪!怎么可能,一个年轻姑娘的理智竟也会同老年人的风烛残年一样短促呢?天性的爱是无微不至的,因为如此,所以它也就将它自己最宝贵的一份送给它所爱的对象了。

欧菲丽娅	(唱)他们把他露着脸抬在尸架上;嘿喏喏呢,喏呢,嘿喏呢:在他的墓穴里洒下了无数的泪滴——再会了,我的鸽子!
莱阿提士	即使你还保有着理智,催促我去报仇,也不能使我这样感动。
欧菲丽娅	(唱)你一定要唱放啊放,如果你叫他放啊放。啊,一面纺纱一面唱该多么好!就是那个骗人的管家的,把他东家的小姐拐走了。
莱阿提士	这一种呓语比事实还要含意深刻。
欧菲丽娅	这个迷迭香,是为了叫你记住我的:求求你,亲爱的,你要把我记住,还有些三色堇,是为了刻骨的相思啊。
莱阿提士	是疯狂的教训;相思与记忆全都配衬。
欧菲丽娅	这个茴香是给你的,还有楼斗花;这个芸香也是给你的;这一点留给我:我们可以把它叫作星期日的忏情草。啊,你戴着芸

第五场 埃尔辛诺尔宫中的一室

香应该有一种不同的神气。这个是延命菊:我本来打算给你一点紫罗兰,但是它们在我爸爸死的时候都枯萎了。听人家说他这样下场是很好的——(唱)因为亲爱的好罗宾就是我全部的欢情了。

莱阿提士 相思与苦恼,热情,与地狱的本身,她都把它们变成了恩爱与美丽。

欧菲丽娅 (唱)可是他就一去不复返了吗?可是他就一去不复返了吗?不啊,不,他死了,到你的死床上去了,他再也不会回来了。他的胡子白似雪,他的头发苍如麻。他死了,他死了,我们就丢开了悲伤:有上帝保佑着他的灵魂!在所有的基督徒里,我求求上帝,上帝保佑你吧。

〔下。

莱阿提士 上帝啊,你看见了这个吗?

国王 莱阿提士,我一定要分担你的痛苦,不然你便是否认了我的权利。你只要到外面,随便去选择几位你的最有才能的朋友,邀请他们来听听并且做你我之间的裁判人:若是他们能发现无论在直接与间接方面我与这件事有关,我就交出我的王国,把我的王冠,我的性命,以及一切属于我的,全交给你,由你处理;但是假若不能,就要请你以容忍的态度来对待我,同时我还要尽我的一切力量与你的心思合作,叫它有适当的满足。

莱阿提士　就这么办;他究竟是怎么死的,糊里糊涂地埋掉,没有纪念宝刀,对他的尸首也不加荣饰,没有隆重的仪式又没有正式的排场,这一切从天上到地上都喊着需要解释,我必须把它们问个明白。

国王　你一定可以如愿以偿;是谁犯的罪,就叫那斧头落在谁的头上。我请你,跟我来。

〔同下。

第六场　宫里的另一室

〔赫拉修及一仆从上。

赫拉修　要见我谈话的是些什么人?

仆从　是海船上的一些人,先生:他们说有信给你。

赫拉修　叫他们进来。

〔仆从下。

我简直不知道除了汉姆莱特大人,这世界上还有什么人会写信给我。

〔水手数人同上。

水手一　上帝祝福你,先生。

赫拉修　请他也祝福你们。

水手一　会的,先生,只要他高兴。这里有一封信给你,先生;这是到英格兰去的那位大使写给你的;只要你的名字叫赫拉修,听人家说你是的。

赫拉修　(朗读)"赫拉修,等你看完了这封信之后,你再设法叫这几个人去见国王:他们身上还有给他的信。我们在海上航行还不到两天,就有一帮很凶猛的海盗追上了我们。我们的船速度太慢,迫不得已就抵抗了一下,在混乱当中,我跳到了他们的船上:这时他们放开了我们的船;我就一个人变成了他们的俘虏。但是他们对我很像是侠盗行径;不过他们也知道为什么要这样做;我要好好地酬劳他们一番。把我的几封信快点叫国王看到;然后你就该像逃命似的快到我这里来。我有话要同你个人讲,叫你听了之后都会目瞪口呆;但是它们对于事实的本质还是太不足道。这几个老实人会领你到我的地方来。罗森克兰兹同基尔敦司登继续航行到英格兰去了;关于他们,我还有许多话要告诉你,再见。你知道他是属于你的,汉姆莱特。"来,我就来设法使你们送到这几封信;你们赶快去办,以便你们再回来领我去见那差你们来送信的人。

〔同下。

第七场 宫里的另一室

〔国王及莱阿提士同上。

国王 现在你的心应该认定我是无辜的了,你还应当把我看成是你心上的朋友,你既然已经听见,又表示了同情,那杀害你高贵的父亲的人原是想要我的命的。

莱阿提士 看起来很可能是这样:但是,你说,你为什么不设法防范这些行为,它们在本质上既然如此严重如此有罪,既然为了你的安全,你的智慧,其他一切,你基本上已经予以注意。

国王 唉,是为了两个特殊的理由,它们对于你,也许看起来并没有什么分量，但是对于我却强而有力。他的母亲，王后，几乎不看见他就活不了命；至于我本人——不知它究竟是我的美德还是我的灾星——她对于我的生命与魂灵又如此地密不可分，简直像天上的行星在它的轨道上运转一样，我也只能按照她的规律生存。至于另一个理由，为什么我还不能把这件事交给公开的裁夺，就是因为一般的人民对于他简直是爱戴深厚；他们，都用爱戴的眼光来看他的过失，就会像那把木头变成了石头的泉水一般，把他的暴虐变成恩情；这样我的羽箭就在这样狂吹的风里会显得箭杆太轻，射不到我所瞄准的地方，反而被吹回到我发射的地方来了。

莱阿提士 像这样，我损失了一位高贵的父亲，一个妹妹也被逼成疯癫，她的品质，如果赞美当年是可以的话，可以说是无论在哪方面，她的完美都能盖过整个一代的人物：但是我的仇是一定要报的。

国王 你不要为了这个睡不着觉：你怎么可以以为我是块无能与蠢笨的废料，以为我能让别人危险地揪我的胡子，而认为是好玩的事。不久你自会明了：我爱你的父亲，我也爱我自己；而这个我希望，会叫你自己去寻思的——

〔一个信差拿着信上。

怎么回事！有什么消息？

信差 汉姆莱特的信，我的大人：这一封是给你陛下的；这一封是给

第七场 宫里的另一室

王后的。

国王　汉姆莱特的信！谁送来的？

信差　听说是几个水手,我的大人;我没有见到:是克劳丢交给我的;是他从他们手里接下来的。

国王　莱阿提士,你来听听看。去吧。

〔信差下。

（朗读）"崇高而有威力的,请你知道我是光着身到达了你的国土上的。我求你恩准我明天来晋见你的圣颜,届时,我当先求你饶恕,再向你报告我这突然而更希奇的归来的缘故。汉姆莱特。"这是什么意思？是不是别的人也都回来了？还是什么人弄错了,还是什么别的？

莱阿提士　你认识他的笔迹吗？

国王　这是汉姆莱特写的字,"光着身"！底下还有一个字,他写着"一个人"。你能提点意见吗？

莱阿提士　我简直不懂,我的大人。不过叫他来吧；我的心里本来不大自在,现在马上就热起来了,我至少还能活着,指着他的脸告诉他说:"你看你干的事。"

国王　如果这样,莱阿提士——至于怎么才能够这样？为什么又不能这样？——你能听我的安排吗？

莱阿提士　能,我的大人；只要你不把我安排得过分,叫我息事宁人。

国王　我是为了使你心安。若是他现在回来,走到了半路缩回来了,而且他打算不再去了,我就准备引诱他,走进一个我现在已经想得成熟了的圈套里去,在那种情况之下,他除了倒霉就别无生路:而他虽然死了,还不能叫别人捕风捉影;就是他的母亲都不能不原谅这一件事,而说它真是意外。

莱阿提士　我的大人,我听你安排就是了,可是你的计划一定要设法叫我去做那个执行的工具。

国王　正是这样。自从你出国远行,人们常常谈论到你,而且是当着汉姆莱特的面,他们说你有一种本领辉煌无比;你所有其他的长处加在一起都没有这一项能够引起他的忌妒,而在我看来这个却是最起码的。

莱阿提士　是什么本领,我的大人?

国王　等于是青年人帽子上的一条缎带,但是也有需要;因为青年人宜于穿戴鲜明的与飘洒的服装,正如同上了年纪的人穿上貂裘同长袍来表示健朗与尊严一样。两个月以前,有一位从诺曼底来的高贵人物——我曾亲眼见过,而且还同法国人打过仗,他们的马上功夫的确不错:可是这位英雄人物却到了出神入化的程度;他简直在马鞍上生了根,他驾驶他的那匹马做出了种种的动作,就好像他同那匹勇猛的坐骑合成一体似的,人兽都不分了:他远远地超出了我的想象,以至于叫我想尽了种种姿势与花样,都

第七场　宫里的另一室

	还赶不上他的成就。
莱阿提士	他是个诺曼人吗？
国王	是个诺曼人。
莱阿提士	我拿性命打赌，是拉蒙。
国王	正是他。
莱阿提士	我跟他很熟：他真是个了不起的人物，全国的精华。
国王	他提到你时很是谦虚，而且把你大大地夸奖了一番，赞美你剑术的技巧多么高强，尤其是夸奖你玩弄短刀的本领，他大声地讲，如果能够有人同你抗衡，真是个不能错过的精彩场面：他发誓说他们国内的剑客若是碰上了你，简直要进退失据，目瞪口呆，手足不知所措了。先生，他的这种说法不禁引得汉姆莱特妒火中烧，叫他惶惶不可终日，就是盼望乞求你早日突然归来，好向他玩上两手。现在，根据这种情况——
莱阿提士	这种情况又怎样，我的大人？
国王	莱阿提士，你爱不爱你的爸爸？还是你仅仅是一个痛苦人物的画像，只有一张脸而没有心？
莱阿提士	你问这个干什么？
国王	不是说我以为你不爱你的爸爸，只不过是我知道爱是随着时间消长的，而且我亲眼看见过，由事实得到证明，时间会使它的火光与热度减退。在爱的火焰中心就存在着一种灯芯或是烛芯会

使它的光亮减低；还没有过一样东西永远都维持着同样好的品质，因为所谓好的品质，重复了许多遍，就在那重复当中自然消灭。我们要做的事在要做的时候就该做：因为这个"要"是会变的，而且它减退与拖延的可能与别人的闲话，别人的干涉，及不可预料的意外一样多，然后这个"该"就会像纨绔子弟的叹气一样舒服却又心疼。现在，一针见血吧：汉姆莱特回来了，你打算怎么办，才能够不仅仅空谈，还能够名符其实地证明你是你爸爸的儿子呢？

莱阿提士 到礼拜堂里砍下他的头来。

国王 真的，倒只有在这儿杀人才能够符合上帝的意旨；要报仇就要不择手段。不过，好莱阿提士，请你这么办，你去待在你家里不要出来。汉姆莱特回来之后叫他知道你已经归来：我打发几个人去称赞你的优点，比那法国人加给你声名上的光荣还要加倍地亮；结果叫你们来一次比赛，两边都下一个大注：他这个人，向来随便，最是大方，从来不会想到暗算的事，他绝不会细察兵器，这样你就可以从容自在地或者稍微使些手段，挑一把锋利的剑，接着在练习的时候就给他一下子，为你的父亲取得他的性命。

莱阿提士 我一定照办；为了这个目的我还可以在刀上涂一点油。我从一个江湖郎中的手里买过一种油，它的毒性非常猛烈，只要把刀尖在里面沾一下，只要它一见血，不管有什么难得的灵药，用什么

第七场　宫里的另一室

吸收过太阴精英的原料所配制的仙方，都不能够挽救这个被划伤过的人的性命：我就把我的刀尖在这个毒药里沾一下，这样，即使我把他轻伤，也一定叫他送命。

国王　这件事让我再来斟酌一下；再来考虑在时间与办法上究竟怎样安排才能最适合于我们的要求：若是这一手会失败，或是因为我们的行动拙劣要泄露机密，那么最好还是不要轻于尝试；所以这个计划还要有个后手或是副本，若是这个在实行时出了毛病，也还可以补救。慢点！让我想：我要在你的武艺上狠狠地下一笔赌注。有了：在你们比武的时候，你们一定又热又渴——为了那个目的，你们的搏斗一定更为激烈——因此他就会要东西喝，我要为了这个替他预备好一杯美酒；这个只要他呷一口，如果他意外侥幸地逃掉了你的毒剑，我们的目的在这里也还可以达到。但是你听，什么声音？

〔王后上。

怎么回事，亲爱的王后？

王后　真是一个紧接着一个，福无双至，祸不单行：你的妹妹淹死了，莱阿提士。

莱阿提士　淹死了！啊，在哪儿？

王后　在一条小河上斜生着一棵杨柳，它苍白的细叶倒映在那亮晶的流水里；她到了那个地方，头上戴着一个想不出的花环，有毛

汉姆莱特

第七场 宫里的另一室

苴,蓍麻,雏菊同长紫草,这种草,放荡的牧羊人另有一种不好听的名字,但是我们无情的老处女却管它叫作死人的手指头:在那里,她爬上去要把她的草冠挂在上面,但是一根不怀好意的树枝断了;一下子,她的杂草编成的花环同她本人都跌落在呜咽的流水里。她的衣裳张开同鲛人似的,把她在水面上浮起了一会儿;这时候,她口里唱一段一段的古老的曲子,像是一个不了解自己危险处境的人似的,或是像一个天生就是生存在那种环境的生物一般:但是过不了许多时候,她的衣裳吸满了水,就把这可怜的人儿从曼妙的歌声里拖进污泥的死亡中去了。

莱阿提士 啊呀,她就这样淹死了!

王后 淹死了,淹死了。

莱阿提士 可怜的欧菲丽娴,你饮的水已经太多了,所以我就噙住我的热泪:但是这永远是我们的弱点;天性自有它的常轨,叫羞耻随便去怎么说吧:等这些眼泪流完,儿女之情也就算终了。再见吧,我的大人:我本来有一段烈火似的言语,正要熊熊地烧起,但是这一段愚情却把它浇熄了。

〔下。

国王 我们跟他去,葛特鲁德:我费了多大力气才使他的愤怒平息下去! 现在我真担心这一来又要叫他发作了;所以我们快跟他去。

〔同下。

第五幕

第一场 墓 地

〔两个小丑,持铁铲等物同上。

丑一 她这个人自己想办法上天堂,也能用基督徒的葬礼吗?

丑二 我跟你说过她是用的;所以你就赶快去挖她的坟吧:验尸的已经验完了,决定她可以用基督教的仪式。

丑一 那怎么行,除非她是为了自卫才投水的?

丑二 怎么不行,决定就是决定。

丑一 一定要是个"自卫行为";别的就不行。因为关键在这里:如果我自动地把自己淹死,这就构成了一种行为,而一种行为共有三个步骤；就是，动，做，成：所以她是自杀的。

丑二　不对，你来听我说，挖坑的好人。

丑一　还是让我先说。这儿是一片水；好：这儿站着一个人；好：如果这个人跑到水那边去把自己淹死了，那么就不管他承认不承认，是他自己去的；你记住这句话；但是如果是水跑到他那边去把他淹死了，他就不是自己投水的：所以他就没有缩短他的性命，没有犯自杀的罪。

丑二　可是这个也是法律吗？

丑一　是啊，一点不错，正是法律；这是验尸官的检验法。

丑二　你可是要知道这件事的真象吗？如果这个人不是贵绅人家的女儿，她就用不成基督教的仪式了。

丑一　哼，这样你才算说对了：其实说起来也真可怜，这种贵绅人家为了上吊或是寻死方便，都得比别的基督徒更多要一点面子。来吧，我的链子。再没有比花园师傅，挖沟的同挖坟的历史更悠久的大户人家了：他们都是干的亚当的行业。

丑二　他也是个大户人家？

丑一　他是开天辟地第一个受封的[①]。

丑二　谁说的，他没有受过封。

---

① 原文是 Bore arms。——原注

第一场 墓地

丑一　怎么,你是个不信教的吗?你的圣经是怎么念的?圣经里说亚当挖土:他若是没有胳膊①,他会挖土吗?我再来问你一个问题:你若是回答得不得要领,你就快去忏悔——

丑二　说吧。

丑一　哪一种人造的东西,比石匠,船匠或是木匠造的还要坚实?

丑二　造断头台的;因为他这件东西比一千个人的寿命还要长久。

丑一　我很爱你的聪明,不骗你:断头台的确不错;但是它怎么会不错呢?因为它是专门对于那些干坏事的人行好事的:你看,你干了多么大的一件坏事,你竟敢说断头台比教堂还要坚实;所以,还是叫断头台来对你行点好事吧。你再想想,猜一下。

丑二　"哪一种人造的东西比石匠,船匠或是木匠造的还要坚实?"

丑一　是啊,告诉我,说个明白。

丑二　马利亚,我想着了。

丑一　你说。

丑二　老天爷,我又想不出来了。

〔汉姆莱特及赫拉修同上,站在远处。

丑一　不要再一个劲儿地苦绞你的脑子了,因为你这头笨驴无论怎么用鞭子抽也是跑不快的,等下次再有人问你这个问题,你就说

---

① 原文是 Without arms。——原注

"是挖坟的"：他造的房子可以一直住到天地的末日。去，你到岳甘酒铺去一下；给我拿一大碗酒来。

〔丑二下。

〔丑一一面挖坟，一面唱。

在年轻的时候，我恋爱，我恋爱，我真是快乐真开怀，结了婚，啊，那时候，我真美，啊，我觉得，没有一样的事情那样美。

汉姆莱特　这个家伙干这一行就没有一点心肝，一面挖坟还一面唱？

赫拉修　惯了，在他看起来也就稀松平常了。

汉姆莱特　真是这样：不大劳动的手摸起来也就更柔软些。

丑一　（唱）但是老年啊，来了偷偷地，一把就把我抓在它手里，它把我不知不觉地送进了土，就好像从来没有过我一样。

〔扔上了一个骷髅头。

汉姆莱特　这个骷髅头从前也有过舌头，也会唱：你看这浑小子一下子就把它掼在地上，好像它是那第一个杀人的该隐的下巴骨头似的！这也许还是个政客的脑袋呢，这笨小子一把就把它拿过来了：这个人从前也许都欺骗过上帝，是不是？

赫拉修　也许是的，我的大人。

汉姆莱特　也许它是朝廷里一个宠臣的头，他也会说："早晨好，亲爱的大人！你好吗，亲爱的大人？"这也许是我的某一位大人的头，他称赞过另一位大人的马，而心里却是想向他讨这匹马；是不是？

第一场　墓　地

赫拉修　　是啊,我的大人。

汉姆莱特　当然,正会这样;而现在却是尸蛆夫人的宝货了:脸上的肉都不见了,叫这个看坟的拿个锤子随便地敲,只要我们有能力明白这种道理,这种改变也真有意思。这种骨头现在怎么连一个钱都不值了,只能够被人家当作玩意儿抛去的?想到这个连我的骨头都在隐隐地作痛了。

丑一　　（唱）刨一刨,再铲一铲,一块尸布还没有烂:哼唷,我来挖一个烂泥洞,给这个老客最中用。

〔又扔上一个骷髅头。

汉姆莱特　又来了一个:这个是不是也许是个律师的头?他的雄辩到哪儿去了,他的曲解,他的案件,他的地租法,还有他的手腕?他为什么现在竟肯情愿忍受这一个粗汉子用肮脏的铁铲随便敲他的头,而不控告他的殴人罪呢?哼!这个家伙也许在他生前还是个大规模的土地购买人,他拿着合同,拿着地契,动不动就要罚款,他要双重担保,还要赔偿损失;现在把他的漂亮的骷髅头里填满了黄泥土,可就是他的罚款,赔偿的赔偿吗?他的担保,双重担保,怎么除了一块像两张文书大的土地之外,就什么都不再替他管了呢?他收买土地的地契,连一口箱子都装不下;而怎么这产权的所有人竟什么都没有了呢,哈?

赫拉修　　什么都没有了,我的大人。

汉姆莱特

第一场 墓 地

汉姆莱特　地契是不是用羊皮做的?
赫拉修　是啊,我的大人,也有牛皮的。
汉姆莱特　想依靠这种玩意儿来保证的,其实也不过是牛羊而已。我来问这个家伙几句话。这是谁的坟啊,汉子?
丑一　我的,大人。(唱)呼唷,我来挖烂泥洞,给这个老客最中用。
汉姆莱特　我想倒也真是你的,因为是你在它里头。
丑一　你不在它里头,大人,所以不是你的:至于我,我虽然将来不待在里头,它可是我的。
汉姆莱特　你怎么不待在里头,你既在它里头又承认它是你的:可是为了死人用的,又不是为了活人用的;所以你除了待在里头之外还是在扯谎。
丑一　这个谎倒是会扯,大人;这个谎是个活的,马上就从我这里跑到你那儿去了。
汉姆莱特　这个东西你是替什么人挖的?
丑一　不是替什么人挖的;大人。
汉姆莱特　那么是替什么女人挖的吗?
丑一　也不是,也不是。
汉姆莱特　那么又是把什么人埋在里头?
丑一　这个人生前是个女人,大人;但是,上帝保佑,她现在已经死了。
汉姆莱特　这个傻瓜真是绝透! 我们说话真得引经据典,不然可就把我们问倒了。上帝在上，赫拉修，这三年来我一直注意；这年头真是越来越精明强干，乡下人简直都赶上城里做官的人了，把他们脚跟上的冻疮都踢痛了。你干这挖坟的营生有多少时候了？

丑一　一年算到头，一天也不空，我起头干这一行的日子，正是我们老王汉姆莱特打败芳丁布拉斯的那天。

汉姆莱特　那又是多少时候？

丑一　你连这个也不知道？随便什么傻瓜都知道：就是小汉姆莱特出世的那天；他这个人疯了，被送到英格兰去了。

汉姆莱特　是啊，真个的，为什么把他送到英格兰去呢？

丑一　为什么，是因为他疯了啊：到那里他就会好的；不然，即使他不好，在那里也没有多大关系。

汉姆莱特　为什么？

丑一　在那个地方人家看不出他是个疯子；那里的人都同他差不多。

汉姆莱特　他怎么会变疯的？

丑一　很希奇，听人家说。

汉姆莱特　怎么"希奇"法？

丑一　是啊，就是一下子把脑筋丢啦。

汉姆莱特　在什么地方丢的？

丑一　当然喽，就是在丹麦：我在这儿当看坟的，从小到大，已经足足三十年了。

第一场 墓 地

汉姆莱特 一个人埋在土里,要到多少年才烂?

丑一 说真个的,若不是他还没有死就已经烂了的话——我们现在有许多不中用的尸首,连个下葬礼都支持不到头——他可以保留个八九年:皮匠可以支持九年。

汉姆莱特 他为什么比别人要长久些?

丑一 当然喽,大人,因为他干的那行买卖,所以他的皮要比别人的厚得多,耐水得多;水这个东西是他妈的死尸的死对头。你看这个骷髅头,它在土里已经有二十三年了。

汉姆莱特 这是谁的?

丑一 这是一个他妈的疯子的:你猜它是谁的?

汉姆莱特 不知道,我不知道。

丑一 这个疯小子简直都该害一场瘟病!有一次他把一大杯红酒倒在我的头上。这个乃是约立克的骷髅头,大人,就是从前国王的小丑。

汉姆莱特 这个?

丑一 就是这个。

汉姆莱特 让我看看。(拿过骷髅)啊呀,可怜的约立克!我认识他,赫拉修;这个家伙真是天才俊逸,笑话无穷:他把我背在身上足够一千次;而现在叫我看着多么面貌可憎!看看它我都要呕出来了。这里从前还有两片嘴唇,我也不知道亲过多少次。你的笑话都到哪儿去了？你的蹦跳呢？你的歌呢？你的叫人意想不到的噱头，常常叫一桌子的人都哄堂大笑？一个都没有了，都不能来嘲笑自己的这种丑样子吗？一个劲儿地拉长着脸吗？现在请你到咱们夫人的卧室里去吧，告诉她，就是她的粉搽得一英寸厚，将来她也还是这副模样；叫她去看着好笑吧。我请你，赫拉修，告诉我一件事。

赫拉修　什么事，我的大人？

汉姆莱特　你想那亚历山大大帝在土里是不是也是这副模样？

赫拉修　当然也是。

汉姆莱特　也是这种气味？呸！（嗅一下，抛骷髅）

赫拉修　当然也是的，我的大人。

汉姆莱特　到得头来，我们会变成多么无聊的东西，赫拉修！我们的想象力为什么不能探索亚历山大大帝尸骨的下落，而最后发现它原来已经在堵一个桶的窟窿呢？

赫拉修　若是这样看法，那也就未免看得过分了。

汉姆莱特　不，一点也不过分；你只要老老实实地那么想，结果很可能就是这样。譬如说：亚历山大死了，亚历山大埋了，亚历山大变了土；土和了泥；我们用泥捏了一个桶塞子；为什么不可以把用他捏成的那个塞子拿去堵啤酒桶呢？皇仪威严的恺撒，死了变成泥，也许在堵一个窟窿把风避：啊，这一块泥，当年叫全世界的人发

第一场 墓地

抖,今天却在挡着冬天的风补一块破墙头!但是住声!不要说话!快站在一边:国王来了。

〔僧侣数人,仪仗多人;欧菲丽婀的尸首被抬上,后随莱阿提士及其他送葬的人;国王,王后,及其侍从,及其他人等继续上场。还有王后,许多贵臣:他们送的是谁?怎么这么仪仗不全?这个表示被他们送葬的人是用了无情的手毁灭了自己的生命的:但也一定不是个普通的人。我们且躲开一会儿,先注意看看。

〔与赫拉修退在一旁。

莱阿提士　还有什么仪式吗?

汉姆莱特　这是莱阿提士,一位很高尚的青年人:看。

莱阿提士　还有什么仪式吗?

僧一　我们已经尽我们一切所能地尽量充实她的仪式了:她的死因是不明的;所以,若不是那强有力的命令影响了教律,她就该受不到圣礼就被埋在土里,一直到天地的末日;她得不到慈悲的祈祷,只有残瓦,碎石与砖头扔在她的身上:但是现在我们已经准她戴上处女的花冠,准她有处女的撒花礼节,有钟声与仪式伴送她去长眠。

莱阿提士　怎么,什么别的都不能举行?

僧一　不能举行别的了:我们若是对她也像对那些在和平当中安逝的人们一样,唱一首安魂诗,祝她安息,我们就会糟蹋那种对于死者的礼节了。

莱阿提士 把她放在土里:但愿从她那美丽而纯洁的肉体当中开出鲜艳的花朵!我告诉你,刻薄而吝啬的僧人,当我的妹妹成为持掌天事的天使的时候,你还在地狱里嗥叫呢。

汉姆莱特 什么,是美丽的欧菲丽娴!

王后 (撒花)芳香的鲜花撒给芳香的人:永别了!我本来希望你能成为我汉姆莱特的妻子;我本来打算亲手装饰你成婚的新床的,亲爱的姑娘,没想到竟来在你的坟墓上撒花了。

莱阿提士 啊,说不尽的毒恨,叫它狠狠又狠狠地落在那个该死的头上,他那个万恶的罪行夺去了你的最玲珑的才智!且把泥慢点堆下,先让我把她再一次拥抱在我的怀里。

〔跳进坟墓。

你们用泥土把死的同活的一起埋了吧,你们要不住地往上堆,把这个平地变成一座高山,要比那古老毕隆之巅同蔚蓝的奥林匹斯高峰还要崇峻。

汉姆莱特 (走向前)他是谁,他把悲哀说得那么动人,那么沉痛?他诉苦的言语叫天上的游星听了都会踌躇不前,像听故事入迷的人们一样。我就在这儿,丹麦人汉姆莱特。

〔跳进坟墓。

莱阿提士 叫你的魂灵去见鬼!(用力揪住)

第一场 墓地

汉姆莱特 你这祷告可不灵。我请你,把你的手指从我的喉咙上拿开;因为我虽然并不鲁莽也不喜欢发怒,但是在我的身上现在可有些危险的成分,你若是聪明就该具有戒心。放开你的手!

国王 把他们两个拉开。

王后 汉姆莱特,汉姆莱特!

全体 两位大人——

赫拉修 我的好大人,冷静一点。

〔侍从们将两人拉开,都跳出了坟墓。

汉姆莱特 好么,我可以为了这个题目同他打,一直打到我的眼皮都抬不起来的时候。

王后 啊,我的儿子,什么题目?

汉姆莱特 我爱欧菲丽娅:四万个哥哥,把他们的爱加在一起,都赶不上我所有的那样多。你能替她干什么?

国王 啊,他疯了,莱阿提士。

王后 看在上帝的面上,你让他一点。

汉姆莱特 该死的,告诉我,你能替她干什么?你能哭?你能打架?你能绝食?你能把自己撕烂?你能喝一碗浓醋?吞一条鳄鱼?我都能。你可是到这里来哇哇地叫?故意跳到她的坟里去丢我的脸?跟她一块把你自己活埋,我也办得到:还有,若是唠叨什么山,就叫他们把千百万亩的土地都压在我们身上,叫我们的坟头

汉姆莱特

第一场 墓地

一直碰到那火红的太阳,叫奥萨山变成一个小泡泡!还有,你要信口开河,我的本领比你一点也不差。

王后 这完全是疯话:他这个疯病一会儿像这样支配着他;过一会儿,他就又会像那温驯的雌鸽似的,当她那金黄色的一对雏鸽已经孵出的时候,他立刻就匍匐着不作声了。

汉姆莱特 你听我说,大人;你这样对付我,究竟是为了什么理由?我一直爱你:但是这也没有关系;不管赫克列斯大神有多少天大的本领,猫总是要咪咪地叫,狗也是要汪汪地咬的。

〔下。

国王 我请你,好赫拉修,你去当心他。

〔赫拉修下。

(对莱阿提士)你记住咱们昨天晚上谈的话,忍耐一会,我立刻就去动手布置这件事。好葛特鲁德,叫个人去看好你的儿子。这个坟上要有一座永远纪念的墓碑:不久我就可以得到一些时的安静,在那时以前,我的工作还得耐心地进行。

〔同下。

第二场　宫中的大厅里

〔汉姆莱特及赫拉修同上。

汉姆莱特　这件事已经讲了许多,先生:现在你再听另一件;你把这种情形都记住了?

赫拉修　记住了,我的大人!

汉姆莱特　先生,那时候在我的心里有一种斗争,叫我无论如何也睡不着:我躺在那里的心情比死囚们的造反念头还要乱。鲁莽地干一下,鲁莽有时候也有鲁莽的好处,我们应该承认,在我们的深谋远虑行不通的时候,冒失一下有时候对我们也大有好处;我们应当明白冥冥之中自有天意在主持我们的方向,不管我们怎样地琢磨盘算。

赫拉修 这倒也不假。

汉姆莱特 我起来走出了舱,把航海的衣裳裹在身上,在黑暗当中我摸索着找到了他们的舱房;达到了目的,我搜了他们的公文袋,立刻就悄悄地回到我自己的房间;我的胆子更大了,因为不放心也就顾不了礼节,我拆开了他们的国王大命;我在这儿发现,赫拉修——啊,好一个下贱的国王!——一道明明白白的使命,装饰着许多各种各样的理由,还关心着丹麦王与英格兰王的健康,其中,吓!说我活在世上有多少危险要作多少怪,所以叫他在见信之后,不可稍有停留,不可以,甚至连磨利斧头的时间都不必有——立刻就把我的脑袋砍掉。

赫拉修 可能的吗?

汉姆莱特 命令就在这里:你有空的时候再仔细看。不过,你现在可打算听听我是怎样进行的吗?

赫拉修 请你讲。

汉姆莱特 我既然似这样被阴谋诡计所包围——在我还来不及在脑中做准备的工作,它就开始了活动——我马上就坐下;起草了一道新使命;写得极为工整:我从前曾有过一种想法,同我们的政治家似的,以为字迹工整是下等人干的事,而且我还曾努力把这一

	套本事忘掉；但是，先生，现在它却替我干了一件好事：你可要知道我写了些什么内容吗？
赫拉修	要的，我的好大人。
汉姆莱特	我写下了国王的恳切的要求，既然英格兰王是他忠实的进贡的藩属，既然他们之间的友爱如棕榈一般的密厚，既然和平仍然佩戴着它茂盛的花环，在他们的友好之间仍起着联系的作用，以及许多其他如此重要的"既然"，所以，就请他在看见了这封书信的内容之后，不必再事迟延，不论多少，马上就把这两个送信的人处死，忏悔的时间都不许有。
赫拉修	这封信怎么盖印的呢？
汉姆莱特	是啊，就是这件事也都可以说是自有天意。在我的口袋里还藏着我父亲的一枚印记，这本来是丹麦王玺的模型：把我所写的按照原信一模一样地折起；写上了姓名；盖上了印；就把它安放在原处，这个偷换谁也不知道。然后，第二天，就是那场海战；至于后来的一切经过，你已经知道了。
赫拉修	这样基尔敦司登同罗森克兰兹就去送死了。
汉姆莱特	当然，朋友，谁叫他们爱上这件差使；他们并不能使我的良心有愧；他们倒霉只是他们自作聪明的自然结果：在两个强大的敌手之间，一刀一枪地认真干起来的时候，一个小人物要去插身其间，那才叫作危险。

第二场 宫中的大厅里

赫拉修　真的,这算是个什么国王!
汉姆莱特　你想想看,我现在是不是该这样——他这人杀了我的父王,奸淫了我的母亲;强挤进来,把我的希望同我的承继之权隔断;还要远远地放一根长线去陷害我的性命,而且还用这种毒计——用这一只手要了他的命,于良心又有何愧?如果还是放任我们天性中的这种恶毒再去为非作歹,岂不是该诅咒的事?
赫拉修　这件事在那里的下场如何,他不久一定可以从英王那里得到消息。
汉姆莱特　不会很久的:但是这当中的时间却是属于我的;一个人活在世界上,真是朝露一般。但是我非常难过,好赫拉修,我对莱阿提士太没有礼貌;因为,根据我心里的痛苦,我完全能够了解他的心情:我要找他去赔个礼。不过,真的,他那种悲哀的狂妄劲儿,却叫我不禁大怒起来。
赫拉修　轻些!是谁来了?

〔奥司力克上。

奥司力克　非常欢迎你大人回到丹麦来。
汉姆莱特　我非常感谢你,大人。你可认识这只水蚱蜢?
赫拉修　不认识,我的好大人。
汉姆莱特　那你的情况就有福气多了,因为认识了他简直就像生了疮。他有许多土地,而且都很肥;还是叫个畜生去做畜生的主人吧,他喂

牲口的槽子都搬到国王的厨房里来了；这是一只八哥，但是我刚才说过，他的肮脏土地可是不少。

奥司力克 亲爱的大人，如果你大人有空，我有点事要替他陛下向你传达。

汉姆莱特 我一定接受，大人，用我全部精神的勤快劲儿。把你的帽子派个正经的用场吧；它是为了戴在头上的。

奥司力克 我多谢你大人，天气很热。

汉姆莱特 不，我不骗你，很冷；吹的是北风。

奥司力克 是的，大人，相当的冷。

汉姆莱特 不过我以为倒是有点闷，有点热，也许是我的脸——

奥司力克 对极啦，我的大人；真是闷热极啦，一点不错——我也说不出来是怎么回事。不过，我的大人，他陛下吩咐我来告诉你说他在你的身上押下了一笔大赌注：大人，就是这件事——

汉姆莱特 我请求，不要忘记——

〔汉姆莱特教他戴上帽子。

奥司力克 不用，我的好大人；真的，我这样自在些。大人，在我们宫里新近来了一位莱阿提士；请相信我的话，他是一位绝无仅有的上等人物，充满了各种不同的优点，待人温和，仪表非凡：真是不错，把他说得再亲切一些，他乃是上等人物当中的招牌与封面角色，因为你可以在他身上发现一个上等人物所当具备的一切条件。

汉姆莱特	大人,他的优点不会因为你就受到损失;虽然,我知道,把他这个人一条条地叙述都会叫人们的数字观念混乱,而且因为他的优点接踵而来,数的人总要应接不暇的。不过,为了称赞确凿起见,我认为他乃是一位具有伟大条件的人物。他有非常可贵与难得的品质,如果把他据实形容,同他一样的只有他镜子里头的人,谁若是想模仿他,谁也只不过是他的影子罢了。
奥司力克	你大人谈起他来真是丝毫不假。
汉姆莱特	什么意思,大人?我们为什么用我们那种粗鲁的言语来糟蹋这位上等人物呢?
奥司力克	大人?
赫拉修	这个意思没有方法用另外一种话来说吗?你会用的,大人,一定会的。
汉姆莱特	提到这位先生究竟是什么用意?
奥司力克	关于莱阿提士吗?
赫拉修	他的口袋已经空了;所有准备好的漂亮话都说完了。
汉姆莱特	是他,大人。
奥司力克	我知道你不是不知道——
汉姆莱特	我但愿你知道,大人;但是,说真的,就是你知道,也不会对我有多少好处。怎么样,大人?
奥司力克	你不是不知道莱阿提士有多么大的优点——

汉姆莱特	我不敢承认这个,就是怕同他比优点;不过,要清楚地知道一个人,还是要先了解他自己。
奥司力克	我的意思,大人,是指他的兵器;若不是那些人故意地毁谤他,他在这方面的成就是全世无敌的。
汉姆莱特	他用什么兵器?
奥司力克	剑同匕首。
汉姆莱特	这是他的两种兵器:但是,又怎样。
奥司力克	大人,国王同他赌下了六匹巴巴利的骏马:对于这个,据我知道,他也赌下了六把法国造的宝剑同短刀,配件一应俱全,譬如皮带,带钩等等;其中有三副架子,真是不含胡,想想都够瞧的了,同那些剑柄非常配衬,精雕细刻,真正是花样翻新。
汉姆莱特	你说的架子是什么?
赫拉修	我知道你在完事之前就得先翻一下注解的。
奥司力克	架子,大人,就是带钩啊。
汉姆莱特	你用的这个词儿,若是我能在身边架上一尊大炮,就更妥帖了:我但愿到了那时候还是带钩。不过,你说吧:六匹巴巴利的骏马对六把法国造的宝刀,配件俱全,还有三副花样翻新的架子;这真是法国人同丹麦人打的赌。这是为了什么"赌下的"像你说的?
奥司力克	大人,国王赌下了这个的时候,他说你若是同他交手十二个回

	合,他绝不能胜你三个回合;而他呢,却在十二个回合里赌赢九个;这件事,若是你大人肯答应的话,马上就可以试行。
汉姆莱特	我若是说个"不",又怎样?
奥司力克	我想就是说,我的大人,你本人去同他较量一下。
汉姆莱特	大人,我要在这大厅里散步:若是他陛下高兴,这本来就是我活动血脉的时间;就把兵器拿来,若是那位上等人物愿意,国王的主意也没有改变,那么我就尽我所能的替他赢来这个赌注;如果不能,我也没有什么别的,只是丢个脸,挨上几下子。
奥司力克	我能就这样去替你回报吗?
汉姆莱特	就这样,大人,再随便照你的天性加上些什么花招都行。
奥司力克	我向你大人表示我的忠诚。
汉姆莱特	不客气,不客气。

〔奥司力克下。

他自己说他忠诚倒是很对;绝没有别的人肯替他干这种事。

赫拉修	这个野鸭子这回才算顶着壳子跑了。
汉姆莱特	他在吃奶之前都要先向奶头作个揖。他们这种人——在这种乱七八糟的年头,这种人真是多得数不尽——只是学会了流行的一种皮毛,见了面完全是一套外表;这一种浮华而不实的本领,就叫他们在这最矫揉造作,自以为高明的人群当中浮上沉下;你只要把它们拿来就吹一下,那泡泡就全都破了。

第二场　宫中的大厅里

〔贵绅一人上。

贵绅　我的大人，他陛下叫小奥司力克来问候你，他去回话说你在大厅里候他；他特地再打发我来请问，你是愿意立刻同莱阿提士玩两下呢，还是要再过一些时候。

汉姆莱特　我的话是说了就算的；只看国王怎样吩咐：如果他认为妥当，我也没有意见；现在也好，将来也可以，只要我还同现在一样能够走动。

贵绅　国王，王后同许多别的人都在走过来了。

汉姆莱特　好得很。

贵绅　王后希望你在同莱阿提士交手之前，要用和气相待。

汉姆莱特　她给我的意见很好。

〔贵绅下。

赫拉修　你这个比赛要输的，我的大人。

汉姆莱特　我想倒也不见得；自从他去法兰西以后，我一直不停地在练习；我可以在次数上得胜。可是你真不知道我这心里有多么难过：但是也不去管它了。

赫拉修　可是，我的好大人——

汉姆莱特　还是一件蠢事；不过这一种患得患失的念头也许会叫女人家的心思不定。

赫拉修　如果你心里不喜欢什么，还是照着它办才是，我可以去拦住他们，不叫他们到这儿来，我可以说你不舒服。

汉姆莱特　用不着；我要决心反抗预兆：一只麻雀要死都是冥冥之中自有天数。如果该是现在，就不会是未来；如果不是未来，那么就是现在；如果不是现在，它迟早也还是要来的：什么时候都是一样；既然一个人死了什么都带不走，早一点晚一点又有什么关系？就这样吧。

〔国王，王后，莱阿提士，大臣多人，奥司力克及侍从多人拿着剑等上。摆一张桌子，上面放着几大杯酒。

国王　来，汉姆莱特，来，你握住我给你的这只手。

〔国王将莱阿提士的手交给汉姆莱特握住。

汉姆莱特　请你原谅我，大人：我对你不起；你既是位高尚的人物，就请你原谅吧。这里在场的人都知道，你也一定听见人说过，我是怎样地被一种痛苦所折磨。凡是我的行为粗暴地伤害了你的孝心、荣誉同意见的地方，我都在这里郑重地宣布是由于疯狂。伤害莱阿提士的是汉姆莱特吗？绝不是汉姆莱特：如果汉姆莱特在迷失了本性的时候，在他自己也什么都不知道的时候对不起了莱阿提士，那么就不能算是汉姆莱特干的，汉姆莱特也否认它。那么又是谁干的呢？是他的疯狂：倘是如此，汉姆莱特也是被侮辱了的一部分；他的疯狂才是可怜的汉姆莱特的死敌。大人，当着这许多人的面前，请容许我郑重否认，请在你最大方的思想里

第二场　宫中的大厅里

也开脱我的罪过，我绝无意于诚心作恶，我只是从背后射了一支箭，误伤了我的兄弟。

莱阿提士　在孝心方面我已经满意，它的动机，在这件事情上，本当最激励我前去报仇；但是在我的名誉攸关方面我暂且不置可否，我还不能接受和解，我还要等着有几位年高德劭的长者出来听取我的申诉，并且要有这样和解的先例，使我的名誉完整无缺。不过在那时以前，我就先把你的友谊当作友谊来接受，而绝不把它轻视。

汉姆莱特　我毫无保留地拥抱它，而且我要坦白地同你兄弟一般地赢这个赌注。把家伙给我们拿来。来吧。

莱阿提士　来，给我一把。

汉姆莱特　我来当你的配衬，莱阿提士：在我的拙劣当中，你的技艺，会像漆黑的夜空里面的一颗亮星，真的会闪出火来的。

莱阿提士　你开我的玩笑了，大人。

汉姆莱特　绝不是，我举手起誓。

国王　把家伙给他们，小奥司力克。汉姆莱特侄儿，你知道下的什么赌注吗？

汉姆莱特　很清楚，我的大人；你大人是把注押在实力太差的这一边了。

国王　我不担这个心思；你们两个的本领我都见过：不过他既然技高一着，所以我们也就先让了分。

莱阿提士　这一把太重了；再给我一把试试看。
汉姆莱特　这一把对我很称手,这些家伙的长短都一样吗？（准备斗剑）
奥司力克　是的,我的大人。
　　国王　替我在那桌子上斟几大杯酒。如果第一下或第二下就是汉姆莱特的彩,或是在第三个回合上他就能够回敬,就叫城头上的大炮一齐成排开放；我国王要为了汉姆莱特更好的身手而开怀畅饮；他同时还要在这杯里放下一颗明珠,比那丹麦的四代君王在他们王冠上所镶的还要珍贵。把杯子都拿来给我；把小鼓敲起来传信给号角,号角再传信给外面的炮手,大炮传给天,天再传给地,说："现在国王为汉姆莱特干杯了！"来吧,开始；喂,你们,裁判员,眼睛睁大些。
汉姆莱特　先请,大人。
莱阿提士　你请,我的大人。（动手）
汉姆莱特　一下。
莱阿提士　没有。
汉姆莱特　裁判员。
奥司力克　是一下,很清楚的一下。
莱阿提士　好；再来。
　　国王　慢点；拿酒来。汉姆莱特,这颗珠子赏给你。祝你健康。
〔号角声,大炮声在幕后齐鸣。

第二场　宫中的大厅里

汉姆莱特	我先来完这一回合；在边上先放一会。你请。（又动手）又一下；你说怎么样？
莱阿提士	碰了一下，碰了一下，我承认。
国王	咱们的儿子要赢了。
王后	他太胖，气都喘不过来了。来，汉姆莱特，拿我的手帕去，擦擦头上的汗；王后也为了你的好运喝上一杯，汉姆莱特。
汉姆莱特	好夫人！
国王	葛特鲁德，你不要喝。
王后	我要喝，我的大人；我请你，答应我。
国王	（自语）这一杯酒有毒；太迟了。
汉姆莱特	我还不敢喝，夫人；等一等。
王后	你过来，让我替你擦擦汗。
莱阿提士	我的大人，我现在要刺中他了。
国王	我想你未必。
莱阿提士	（自语）但是这简直有点违背我的良心。
汉姆莱特	来吧，第三个回合，莱阿提士：你只在耍着玩；我请你，用你最大的本领进攻吧；我都担心你是拿我当个饭桶呢。
莱阿提士	你说这种话？来吧。（又动手）
奥司力克	没有，两面都没有。

莱阿提士	现在给你一下子!
	〔莱阿提士刺伤汉姆莱特,接着,在一阵紊乱中,两人互换了剑,汉姆莱特又刺伤了莱阿提士。
国王	把他们分开;他们认真动火了。
汉姆莱特	好说,来啊,再来。
	〔王后倒在地上。
奥司力克	快看那边王后,喂!
赫拉修	他们两边都流了血。你怎么样,我的大人?
奥司力克	怎么样了,莱阿提士?
莱阿提士	怎么,同一只木鸡似的被我自己的陷阱捉住了,奥司力克,我是罪有应得,被我自己的阴谋送了命了。
汉姆莱特	王后怎么回事?
国王	她看见他们流血就晕倒了。
王后	不是,不是,是酒,酒——啊,我亲爱的汉姆莱特——那杯酒,那杯酒!我被人下了毒药了。
	〔死去。
汉姆莱特	啊,该死的罪恶!嗨!把大门锁起来:阴谋暗算的东西!把他找出来。
	〔莱阿提士倒在地上。
莱阿提士	就在这里,汉姆莱特:汉姆莱特,你也没命了;全世界上的任何

第二场　宫中的大厅里

一种灵药都不能把你救活，你现在至多也活不到半个钟头；那阴险害人的家伙就在你的手里，凶神恶煞，涂满着毒：这件污浊不名誉的事现在也害了我自己；你看，我倒在这里，我不能再站起来了：你的母亲是被毒死的。我不能再说话了：国王，都是国王的坏主意。

汉姆莱特　这把剑尖上也涂了毒！那么，毒，你就去发作吧。
〔刺中国王。
全体　造反了！造反了！
国王　啊，朋友们，保护我；我只是受了一点伤。
汉姆莱特　这个，你乱伦的，阴谋陷害的，罪该万死的丹麦王，你把这一半给我喝下去：你的珍珠还在里头吗？跟我的妈妈去吧。
〔国王死去。
莱阿提士　他这是罪有应得；这是他自己亲手调制的毒药。高贵的汉姆莱特，请你也饶恕我吧：我与我父亲的死不能归罪于你，而你的也不要归罪于我啊！
〔死去。
汉姆莱特　老天爷开脱你的这个罪过！我也就跟你来了。我要死了，赫拉修。可怜的王后，永别了！你们这些看看这种场面而脸色发白全身发抖的人们，那些只是这出戏的不开口的或是旁观的人们，如果我还能够有时间——死亡之神，这个无情的酷吏，逮捕起人来

第二场　宫中的大厅里

真是毫不客气——啊，我能告诉你们——但是算了吧。赫拉修，我要死了；你还活着；把我同我的缘由正确地告诉给那些不明真相的人们。

赫拉修　你不要自欺了：我不仅是个丹麦人，而且还更是个古罗马人。这里还剩下一点酒。

汉姆莱特　你既然是个男子汉，把杯子给我：放手；苍天在上，我一定要。唉，好赫拉修，假使事情就这样不清不楚的，在我死后，我要留下一个多么不光荣的名声啊！如果你曾在过去真心爱过我，就请你暂时放弃你升天的幸福，在这无情的世界里再痛苦地活一些时候，传达我的事迹。

〔远远有步伐行进声，幕后炮声。

这是什么雄壮的声音？

奥司力克　是年轻的芳丁布拉斯，征服了波兰归来，现在向英国的大使们发放这一排雄壮的炮声。

汉姆莱特　唉，我死了，赫拉修；这有力的毒药完全控制了我的精神：我不能活下去听见英格兰来的消息；但是我敢预言，选择的结果一定落在芳丁布拉斯的身上：我临死也投他一票；你告诉他这些，还有其他的经过，或多或少的，它们都承你的情了。剩下的就是永远的缄默了。

〔死去。

赫拉修　　　一颗高贵的心裂了。安息吧，亲爱的王子，成群结队的天使们歌唱着送你去长眠！

〔幕后进军声。

鼓声怎么到这里来了？

〔芳丁布拉斯上；英格兰使臣数人，鼓旗俱全，侍从多人同上。

芳丁布拉斯　这件事在哪里？

赫拉修　　　你要看的是什么事？如果是什么痛苦或骇人的事，你就不必再找了。

芳丁布拉斯　这一堆尸首真像开始了大追杀。啊，得意的死神，在你那永恒的阴穴里行将摆上一桌多么丰盛的宴席啊，你出来打一场猎就血淋淋地带回去了这许多帝王之尊的人物？

使臣一　　　这情景真是凄惨；我们从英格兰赶来办的事一步来迟：接见同听取我们的人已经两耳失灵，我们也无法告诉他说他的命令已经遵行，罗森克兰兹同基尔敦司登已经处死。又有什么人来酬谢我们呢？

赫拉修　　　就是他有生命能够谢谢你们，他也不会这样说的：他从来就没有下过命令把他们处死。不过既然，你们很巧地碰上了这件流血的事，你从波兰的战场上，你们从英格兰来，到了这里，就请你们下令把这些尸体都高高地安放在一座平台上由众人观看；然后再由我对那些还不知道真相的人们说明这些事情的原委：这

第二场　宫中的大厅里

样你们就可以听到荒淫纵欲，血腥的与乱伦的行为，偶然意外的判断，不留心的杀人，用阴谋诡计与人为的动机所造成的死亡，同时，到一切结束的时候，又弄错了目标，反而杀死了策划的人：这一切我都能据实报道。

芳丁布拉斯　赶快讲给我们听听，把最尊贵的人物全都去招来。至于我，我将以悲哀的心情接受我的好运：在你们这个王国里，我还有些传统的权利，现在既然给我机会，我就要申请利益了。

赫拉修　关于这个，我也有话要说，而且出自他的口里，这就更有分量：但是在这人心惶乱的时候，还是把这件事马上办了；若不然唯恐会造成更多的错误同不幸。

芳丁布拉斯　请四位队长抬起汉姆莱特，同军人一样，到高台上去；因为假使他登基为王，他很可能成为一位圣明的君主：同时，在他经过的时候，军人的音乐与战争的典礼要为他震天地响起。把尸首都抬起来：这样一幅景象同战场倒配衬，摆在这里真不像样。走吧，吩咐兵士们鸣炮。

〔死亡进行曲。抬着尸首，同下。幕后礼炮齐鸣。